박가의 항아리

박가의 항아리

초판 1쇄 인쇄 2021년 04월 16일
초판 1쇄 발행 2021년 04월 23일
글·그림 박가

펴낸이 김양수
편집디자인 이정은
교정교열 이봄이

펴낸곳 도서출판 맑은샘
출판등록 제2012-000035
주소 경기도 고양시 일산서구 중앙로 1456(주엽동) 서현프라자 604호
전화 031) 906-5006
팩스 031) 906-5079
홈페이지 www.booksam.kr
블로그 http://blog.naver.com/okbook1234
이메일 okbook1234@naver.com

ISBN 979-11-5778-485-1 (03800)

작가의 말

부모님은 내 몸을 낳아주셨고
나는 내 삶을 낳았습니다.
내가 자식이요
내가 부모입니다
자식이 되고 부모가 되는 내 안의 삶
곧... 내가 삶입니다.
내 안에서의 삶은 자식으로의 삶을 존재하고 하고
내 안에서의 삶은 부모로서의 삶을 존재하게 합니다.

부모님을 사랑하고
반려동물을 사랑하고
형제를 사랑하고
자식을 사랑하고
배우자를 사랑하고
연인을 사랑하고
가족을 사랑하는 마음
사랑은 희생이 아닌 책임감에서
내 삶의 책임은 사랑입니다

사랑은 희생이 아닌 책임감에 있으며
사랑을 존재하게 하는 삶에
삶이라는 책임감은 '나' 이곳에서부터 시작됩니다.

사랑했다면
사랑하고 있다면
사랑해야 한다면
나를 다스리며… 나를 지켜주고
나를 갖춰가며… 나를 지켜가는 것이
진정한 사랑입니다

'나' 이곳에서부터 시작된 내 삶에
내가 찍은 점 하나에도 책임이 따릅니다.
삶에 책임지지 못할 점이라면 찍지 말 것이며
책임지지 못할 내 안의 점 하나가
책임지지 못할 문제적 삶을 만들어 갈 것입니다.
삶의 태도에 비난을 받느냐
삶의 처신에 존경을 받느냐
비난과 존경은 내가 찍은 점하나에 있습니다.

'나' 라는, 이곳에서부터 시작된 책임으로 주어진 귀하고 소중한 삶에

아는 것을 가지고 그릇됨을 담고 있지는 않은지 내 삶을 헤아려보고

그릇됨을 위하려 아는 것이 힘이라며 자신을 합리화하고 있지는 않

은지

내 삶이 살아가는 동안 아는 것만을 담은 숫자로 계산된 삶보다

내 삶에 옳은 것 하나가 아는 것들을 빛낼 수 있는 중심이길 바랍니다.

후회하기에는 이릅니다

반성하십시오

나는 내 삶을 낳았습니다

내가 삶입니다

내가 낳은 내 삶에

나를 비우고

나를 담는

나를 다스리고

나를 갖추는

'나'라는 책임을 깨달을 수 있기를 바랍니다.

비우는 것도 얻음이요 담는 것도 얻음이라

그릇됨을 비우고

그릇됨을 다스려

옳은 것을 갖추어 담을 수 있는

삶의 책임을 깨달을 수 있는 항아리의 뜻을 전하고자 합니다.

차례

작가의 말

5부 옳은 것이 힘이다

6부 다시 태어나는 것보다 다시 사는 게 더 어려운 일

7부 지금이 이다음이요 이다음은 지금이다

1부

부모님은 내 몸을 낳아주셨고
나는 내 삶을 낳았다

부모님은 내 몸을 낳아주셨고
나는 내 삶을 낳았다 1

부모님은 내 몸을 낳아주셨고
나는 내 삶을 낳았다
내 몸을 귀하고 소중히 존중하고
내 삶을 귀하고 소중히 존중하라

내 몸을 사랑하고
내 삶을 사랑하라
살아가는 내 삶에 부모님이 존재하고
살아가는 내 삶에 가족이 존재한다.

내 몸은 그 누구도 대신할 수 없는 내 안의 자부된 책임이요
내 삶은 그 누구도 대신할 수 없는 내 안의 자부된 책임이다
내 삶의 책임감은 노력으로의 의지요
내 몸의 책임에 자부된 의지로 노력하고
내 삶의 책임에 자부된 의지로 노력하라

내 안의 나를 지켜주고 지켜가며
내 안의 내 삶을 지켜주고 지켜갈 때

의지로 노력되어지는 삶은 삶에 부끄럽지 않은 내 안의 삶이 담긴다.

나는 내 삶을 낳았다
내 삶은 언제 어느 곳 어디서든 부모님과 나와 가족이 존재한다
삶에 의지로서 노력된 책임은 내 삶으로의 진정한 사랑인 것이다
사랑으로 책임 되어진 삶은
한세상 부끄럽지 않은 참된 삶이 자부되어진다
　　　　　사랑은 희생이 아닌 책임감이다

부모님은 내 몸을 낳아주셨고
나는 내 삶을 낳았다 2

부모님은 내 몸을 낳아주셨고

나는 내 삶을 낳았다

몸은 귀하고 소중하다

삶은 귀하고 소중하다

몸을 낳아주신 부모님께 감사하며

내 삶을 낳은 내 자신을 감사하며

세상에 사람으로의 귀한 삶에

삶으로의 책임감으로

사람됨의 기준과

사람됨의 정도에

원칙과 질서를 지켜주고 지켜가며

윤리와 도덕을 지켜주고 지켜가며

법도와 도리로의 삶에서

삶에... 내 몸을 귀하고 소중히 존중하고

삶에... 내 삶을 귀하고 소중히 존중하라

살고 있음은 기억으로 살아간다... 기억

기억
살고 있음은 기억으로 살아간다
마음이 기억하고
몸이 기억하고
영혼이 기억한다.

삶은 기억이다
기억은 삶에서 삶으로 살아간다.

살아온 기억에
살아온 기억은
살아왔음이 살아가야 할 삶이다

살아왔음에는
살아온 시간의 거리가 있고
그 시간의 거리엔
기억되어지는 삶이 있고
추억되어지는 삶이 있다

기억되어지는 추억

추억되어지는 기억

기억되어지는 기억

살아온 삶으로의... 기억에서

살아가야 할 삶의... 기억으로

살고 있음은

기억으로 살아간다.

삶은... 기억으로 살아간다

살아온 삶의 기억

살아오며 살고 있는 삶으로의 기억

살아온 기억은 살아가야 할 삶에서 다스리며 기억을 갖추어 담는다.

살아온 삶이 다스려지고 갖추어진 삶의 기억

살고 있는 삶을 다스려가며 갖추어져야 할 삶의 기억

살아온 기억을 다스려가고 갖추어가며 삶으로의 기억을 담는다

기억으로 기억되는 삶으로의 기억

이 모든 건 자신 안에서 작용하는 것이다.

기억

지나쳐온... 기억

지나쳐갈... 기억

나는 너에게

어떠한 기억을 주었으며

나는 너에게

어떠한 기억으로 살고 있는지...

너는 나에게
어떠한 기억을 주었으며
너는 나에게
어떠한 기억으로 살고 있는지...

삶은
기억으로 살아간다.

기억을 위한... 노력하는 삶

살아왔음이 살아가야 할 삶이다
살아왔음에는 살아온 시간의 거리가 있고
그 시간의 거리엔
기억되어지고 추억되어지는 삶이 있다

기억
살고 있음은 기억으로 살아간다
그리고 살아가야 할 삶에는
살아오며 기억되어진 더 큰 마음의 기억이 살아가게 된다.

부모님의 사랑으로 태어난 귀하고 소중한 삶은
마음으로 사랑하고 사랑받고 있음을 기억함에 행복하다
그 사랑은 옳은 기억으로의 행복이라 행복을 기억하기에
그 사랑하며... 행복에서
더 사랑하며... 행복하려
살아가야 할 삶에서 노력하며 행복을 다스리며 살아간다

살아온 삶은 사랑하고 있음에 행복하고
행복한 사랑은 살아온 삶에 노력되어져 갖추어진 삶이다

사랑하기에
살아가야 할 삶에 더 큰 기억은... 행복이고
사랑이 자부되는... 노력하는 삶으로의 행복이다

살아온 삶으로의
기억에서... 기억으로
살아가야 할 삶은 더 큰 기억이 살아가게 된다.

노력하는 삶은
노력함을 자부할 수 있음에 행복하고
노력됨을 자부할 수 있음에 행복하다
노력하는 삶은... 내 안에 갖추어가는 삶이다

자기 세상살이
자기 세상물정

자신의 눈을 들여다보게
자신의 귀를 들여다보게
자신의 머리를 들여다보게
자신의 마음을 들여다보게

눈의 삶은 무엇을 보고 무엇을 담아두었나
귀의 삶은 무엇을 듣고 무엇을 담아두었나
머리의 삶은 무엇을 보고 듣고 생각하여 담아두었나
마음의 삶은 무엇을 보고 듣고 알아듣고 담아두었나

한세상에 태어났음을 지니고
태어났음으로 지닌 것들과 살아오며
눈으로 보고
귀로 들으며
머리에서 생각하고
마음에서 알아듣고 있음이... 내 안의 세상살이요

알아듣고 있음으로의 세상살이를 하며
살아오며 살고 있는 내 삶의 정도에서

내 안에 담기고 담고 담긴 것들이... 내 안의 세상물정이다

자기 세상살이

자기 세상물정

...내 안의 삶에 있다

인간 내면의 3대 요소
인성 인격 인품

인간의 삶은
인간 내면의 근본과 자질과 습성으로 살아간다.

타고난 근본... 타고남에 지닌 특성은 삶의 근본적 역할을 하고
갖춰진 자질... 타고난 근본과 환경과 교육으로의 자질이 갖춰지며
잠재된 습성... 타고난 근본과 갖춰진 자질이 조화됨에 습성이 담긴다.

내면에 자리한 근본과 자질과 습성이 갖추어진 삶에는
마음은... 근본적 인성이요
마음의 태도는... 갖춰진 인격이요
삶의 처신은... 갖춰져 잠재되어진 인품인 것이다

근본은 인성으로의 마음
자질은 인격으로의 태도
습성은 인품으로의 처신
근본 자질 습성의 인간 내면의 3대 요소가 작용된 삶을 살아간다는
것이
사람으로의 삶이다

살아가는 삶에
바른 마음의 근본적 인성을 갖추고
옳은 마음의 태도로 인격을 갖추고
갖추어져 드러내어지는 삶의 처신으로는
참다움으로 잠재된 인품을 갖추어라

인성 인격 인품은
자신 안에 지니고 담기며 자신 안에 갖춰지는 것이다
　　　　　내가 삶이다... 삶에 자신을 갖추어라

내 인생의 값
만족

내 안에서 선택한
내 안의 삶에 만족하라
내 안의 삶이 만족이다
삶은… 보이지 않기에 계산으로 살아갈 수 없고
삶은… 들리지 않기에 계산해서 살아갈 수 없는
계산되지 못하는 알 수 없는 시간의 거리를 살아간다.

만족은
내 안에서 선택되어진 삶에 의지된 노력으로의 책임이요
의지된 노력으로의 책임은 내 안의 삶을 만족하게 한다.
삶이 뜻한바 평안하지 않더라도 내 안의 삶에 노력하고
삶이 뜻대로 평온하지 않더라도 내 안의 삶에 노력하며
내 안에서 선택되어진 삶에 만족을 담고 노력하고 있다면
한세상을 살아가며 부끄러움 없는 삶을 만족하게 한다.

내 안에서 선택되어진 삶에
자기 세상살이
자기 세상물정으로의 갖추어가는 삶의 만족은
갖추어가는 만족이라는 삶을 지닌 자부심으로

만족하는 자부심의 깨달음에 만족을 위해 노력하게 되는 것이다.

노력으로 다스려져 갖추어지는 만족은
내 안의 삶에 그릇됨을 비워내며 그릇됨을 다스림에 만족할 것이고
내 안의 삶에 그릇됨을 비워 옳음을 담고 옳음이 담김에 만족할 것
이다
노력하는 만족 속에서 노력된 만족이 갖추어짐은 내 삶의 만족이요
만족은 삶의 마지막까지 멈추지 않고 자부되어질 내 삶의 인생 값이다
내 인생의 값은 내 안의 만족이다

내 안의 시간의 거리를 가꾸며
내 안의 공간을 꾸미는 것
만족과 행복

내 안의 삶에 만족을 담았고
만족에 내 안의 삶을 담았다
내 안의 시간의 거리를 가꾸는 과정동안이 행복이요
내 안의 공간을 꾸미는 과정동안이 행복이다
내 안의 시간의 거리를 가꾸며 행복을 가꾸고
내 안의 공간을 꾸미며 행복을 꾸미는 것이다.

가꾸어놓은 시간의 거리에서
...공간을 꾸며가며 행복이 담기고

꾸며놓은 공간에서
...시간의 거리를 가꾸어가며 행복은 담긴다

내 안의 시간의 거리를 책임지고 지켜주고 지켜가는 만족에
내 안의 공간을 책임지고 지켜주고 지켜가는 것이 행복이요
내 안에 담긴 만족을 한세상 삶에 세상풀이하며 살아가는 것이
만족에 내 안의 삶을 담은 한세상 건강하고 행복한 삶인 것이다

살고 있으면서 살고 싶다
내가 세상의 삶이다

나는 내 삶을 낳았다
삶은 나요
내가 삶이다
삶의 책임은 나 자신이며
내 안의 삶은 내 안의 책임이다

나는... 세상 사람이 아닌
나는... 세상에 사람이다

삶에서 그저 세상 사람으로 살아지는 삶이 아닌
세상에 사람으로 내가 살고 싶은 삶을 살기 위한 삶
내가 살고 싶은 삶을 살아야 하는 것이
내가 세상에 사람인 것이다

살고 있으면서 살고 싶다는 것은
나는 세상 사람이 아닌
나는 세상에 사람이기 때문이다
내 안에 세상을 담고
내가 살고 싶은 삶을 갖추어가며

내가 살고 싶은 삶을 살아가야 하는 것이다

내가 세상의 삶이다

나는 내 자신을 존경하는가

부모님은 내 몸을 낳아주셨고
나는 내 삶을 낳았다
내 몸을 귀하고 소중히 하고
내 삶을 귀하고 소중히 하라
부모님 또한 자신들의 몸을 낳아주신 부모님이 계셨고
부모님 또한 자신들의 삶을 낳아 그 삶을 살아오셨다
살아왔음이,
살고 있음이,
살아가야 함이,
삶을 낳은 내 삶의 세상살이인 것이다.

부모님은 내 몸을 낳아주셨다
내가 부모요 내가 자식이다
자식이라는 이유만으로 내 몸을 낳아준 존경만을 하며
부모라는 이유만으로 몸을 낳아준 존경만을 바랄 것인가

나는 내 삶을 낳았다
내 삶을 살아온
내 삶을 살고 있는

내 삶을 살아가는

내 삶에 존경할 내 자신이 될 것인가

나는 내 자신을 존경하는가?

나는 내 삶을 낳았다

내 삶은 나의 책임이요

내 삶의 책임으로 노력해야 하는 의지로의 삶이다

내 자신의 존경은

내 자신 안에 내 삶의 덕을 담아내는 자신 안의 업적인 것이다

효도와 불효

효도
무엇이 효도이며
어떠함이 효도인가
몸을 대신할 수 있음이 효도인가
삶을 대신할 수 있음이 효도인가

불효
무엇이 불효이며
어떠함이 불효인가
몸을 대신할 수 없음이 불효인가
삶을 대신할 수 없음이 불효인가

부모님은 내 몸을 낳아주셨고
나는 내 삶을 낳았다
내 몸에 부모님이 존재하고
내 삶에 가족이 존재한다.
내 몸을 귀하고 소중히 존중하고
내 삶을 귀하고 소중히 존중하라

효도와 불효는

효도와 불효라는 삶의 대상적 비교가 아닌

한세상 사람됨으로의 삶에서 도리 된 책임감에 있다.

효도와 불효는 무엇인가...

부모님은 내 몸을 낳아주셨고

나는 내 삶을 낳았다

내가 한세상의 삶이다

내 삶으로의 책임에 효도와 불효는 공존한다

효도와 불효는

사람됨의 도리 안에서 그 삶으로의 책임인 것이다

마음에도 법이 따른다

마음에도 법이 따른다.
　　　'도리'

사람이 사람으로 살아가기 위한 계산으로의 법이 따르듯
사람이 사람으로 살아가는 마음의 영혼에도 법이 따른다.
머리를 이롭게 하는 사람으로서의 계산적인 법보다
영혼을 이롭게 하는 사람으로서의 계산되지 못하는 법으로
사람됨의 정도에 계산 없는 마음의 법이 더 엄중한 것이다.

근본적인 마음과 갖추어진 마음이 삶에 나서는 것이 양심이요
어진 양심을 갖춘 마음은 삶으로의 도리를 바르게 한다
사람됨으로의 올바르고 참된 마음이 삶을 바르게 하는 것이다

추억은 정서적 기억

추억은 정서적 기억이다
추억은... 기억이다
추억은... 삶이다
추억은 살아오는 삶의 기억에 담겨져 살아가는 기억의 삶인 것이다
추억은 살아온 삶의 기억에서 살고 있는 삶의 정서와 함께 살아간다
추억은 삶의 모든 기억에서 정서로의 작용에 드러내어지는 기억이다.

추억
기억은 의도와는 상관없이 드러내어지는 것을 기억이라 하지만
추억은 삶의 정서와 만난 기억이 정서와 정서로 만나 감성 되어져
감성적 감정으로 드러내어지는 것이다.

삶을 상념하며 의도적으로 드러내어 기억한다
...기억하고 싶은 추억에
추억은 삶에서 만들어지기도 삶에서 만들어가기도 한다
...기억을 알기에
추억은 삶에서 감정을 드러내기도 한다
...삶의 정서와 만난 기억에서

추억은 삶의 정서적 기억이다
추억이 삶에서 살고 있음은 기억이 살아가고 있기 때문이다

삶을 기억하며
기억되어지는 기억에 그저 기억되어지는 삶으로 살아갈 것인가
삶을 추억하며
기억되어지는 삶을 다스려가며 살고 싶은 삶을 살아갈 것인가

추억은 기억되어지는 기억보다
기억되어지는 정서적 감성으로의 추억이 아름답고
정서적 감성으로의 추억되어지는 기억이 아름답다
추억은 정서적 기억이기 때문이다
추억은... 기억이다
추억은... 삶이다
　　　　　　　살고 있음은 기억으로 살아간다

마음의 태도 1

마음의 태도는
마음이 갖춘 언어

마음이 마음에 담아놓은 값이요
그 값은
마음의 태도에서 드러나게 된다.

마음의 태도 2

마음의 태도는 마음이 갖춘 언어다
인성이 드러내어지고
인격이 드러내어지고
인품이 드러내어지는
마음의 태도는
마음에 지니고 마음에 담겨진 값을 삶에 드러내는
마음에 담아놓은 마음의 값이 하는 태도인 것이다

마음의 태도를 보고 들었다면
그 마음의 태도에
무엇을 보았는가...
무엇을 들었는가...
마음에 지니고 담겨 삶에 드러내는 마음의 태도
마음의 태도를 드러낸 정도에 삶으로의 값이 따른다.

자신 안에 자신을 담고 지니고 사는 삶에
그 담고 지닌 자신을 위해 노력하는 책임은
곧... 드러내어질 삶의 태도로의 처신이 되는 것이다

삶으로의 처신

마음에 담기고 지닌 마음에
마음에 담기고 지닌 마음이 갖춘 마음의 태도
그 마음의 태도가 드러내는 삶으로의 처신

마음은... 인성이요
마음의 태도는... 인격이요
마음의 태도가 드러내는 삶으로의 처신은... 인품이다

삶에
바른 마음의 근본적 인성을 갖추고
옳은 마음의 태도로 인격을 갖추고
갖추어져 드러내어지는 삶의 처신으로는
참다움으로 잠재된 인품을 갖추어야 한다.

삶으로의 처신은
삶에... 사람으로의 갖추어진 자신을 드러내는 것이다

살아간다는 삶

살아온 삶이 살고 있고
살아온 삶이 살아간다
...살아간다는 삶이다

살아가고 있는 지금의 삶은
살아온 삶이 살아온 것이다
지금의 살아가는 삶은
이다음에 살아온 삶이 된다

살아온 삶을 집착하지 말 것이며
살아가는 삶에 애착하며 노력하라
살아온 삶을 집착하지 않아도
살아가는 삶은 살아온 삶이 되어있다
                    지금이 이다음이요
                    이다음은 지금이다

살아가야 하는 살고 싶은 삶
희망

살고 있음이
시련인지...
살고 있음이
시름인지...
이에 지쳐있는가?
지쳐있었음은 살아가야 하는 살고 싶은 삶으로의 희망에 다스려가며
지쳐있었음을 다스림에
살아가야 하는 살고 싶은 삶은... 희망에 있다

희망이란
살아가야 하는 살고 싶은 삶의 세상살이가
내 안에 존재하기 때문이다

살아가야 할 삶으로의... 의지
살고 싶은 삶으로의... 노력

나는 내 삶을 낳았다
내 삶은 내 안의 책임으로의 삶이다

살아가야 할 희망은 살고 싶은 삶이 내 안에 존재하고 있기 때문이고
내 안에 존재하고 있는 살고 싶은 삶은 내 안의 희망의 삶을 긍정한다.

사람이란... 살고 싶은 삶을 살아가야 하는 것이다

삶에...
세상을 살고 있으면서
삶을 살고 싶다는 것은
세상에서 그저 살아지는 삶이 아닌
세상에 살고 싶은 삶을 살아가야 하는 것이다

나는... 세상 사람이 아닌
나는... 세상에 사람이다

기억

기억은
살아온 삶이 살아가야 하는 삶이요
살아가야 하는 삶은 살아온 삶의 기억으로의 존재다

기억... 살아온 삶에 어떠함으로의 기억을 하고 있는 것인가
기억... 살아가야 할 삶에 어떠한 기억으로 기억되어질 것인가
살아온 삶은 기억되었고
살아가야 할 삶은 기억되어질 것이다.

기억은 삶이다
삶은 기억이다

기억은
의식으로의 의지와는 상관없이 무의식에서도 드러내어지는
내 안의 투명하게 정직한 존재

살고 있음은 기억으로 살아간다
내가 삶이다
기억은 고치는 것이 아닌
내가 삶인 내 삶을 다스리고 갖추는 것이다

믿음

믿음은
삶이 끝나서도 내 존재와 함께하는 것
믿음은 내 존재 속에 존재하는 마음의 공간

믿음의 공간은 깨지는 것이 아니요
믿음의 공간은 사라지는 것이 아니다
믿음에 즐거워하고
믿음에 기뻐하고
믿음에 아파하고
믿음에 괴로워하고
믿음에 슬퍼하고
믿음에 고통스러워 할 수 있음은
내 안의 삶에 작용되어지는 대상으로 믿을 수 있고
내 안의 삶에 작용되어지는 대상으로 믿을 수 없는
믿음 안에 채워지는 삶의 작용들이 존재하고
믿음 안에서 비워지는 삶의 작용들이 존재한다
믿음은 신뢰가 아니다
믿음은 자존심과도 같이 존재하는 내 안의 인격체이다.

믿음은

내 안의 깨지지도 사라지지도 않는 공간 안에서

나와 선택되어져 타협된 삶의 작용들이 채워지고 비워지는 것

믿음은 깨지지도 사라지지도 않는 내 안에 존재하는 마음의 공간이다

믿음은 내 자신인 것이다

부모와 독립
책임감이 책임져야 할... 희생

독립

사랑은 희생이 아닌 책임감이다

가족이라도 한집에 머무르지 않으면

통용될 수 없는 공감과 공유로의 독립적 희생이 따르고

희생은 책임감 속에서 독립적 책임이 다스려야 할 희생이 된다

희생은 독립되어진 책임으로의 독립적 희생인 것이다

보이지 않는 것들에

들리지 않는 것들에

배려와 존중은 독립된 책임감이다

그의 소통과 타협으로까지가

독립된 책임감에서 다스려져야 할 책임인 것이다

자기중심적 삶을 살아오는 시간의 거리는 독립된 책임감이다

독립된 책임 속에는 독립이 책임져야 할 희생도 따른다

독립적 희생은 사랑이라는 책임감으로의 독립된 희생인 것이다

독립적 희생은 사랑으로의 책임감이 다스리는 독립적 책임이다.

부모님은 내 몸을 낳아주셨고

나는 내 삶을 낳았다

내 몸을 귀하고 소중히 존중하고

내 삶을 귀하고 소중히 존중하라

독립
나는 내 삶을 낳았다
내 삶에 부모님과 가족이 존재한다.
독립은 의지된 노력으로의 책임감
나를 지켜주고 지켜가며
내 삶을 지켜주고 지켜갈 때
의지로의 노력되어지는 독립된 삶은
삶에 부끄럽지 않은 참된 멋이 담긴다.

2부

옳은 건 하나요
그른 건 수백 가지

옳은 건 하나요
그른 건 수백 가지

그릇됨은 옳은 것 하나를 상대로 밑밥을 깔고 간을 보고
360도 회전하며 세상 다 알 것 같은 눈치작전 수백 가지

옳은 건 하나요 그른 건 수백 가지에
옳은 것이 힘이다
옳은 하나는 옳은 것 하나로 그릇된 수백 가지를 다스린다.

'하나'
하나의 진리는 삶의 진리다
정직하게 정의로운 세상
옳은 것 하나의 세상은 삶에 정직하게 정의로우며
삶은 옳은 것 하나의 세상을 신뢰한다.

사람으로 그릇됨의 수백 가지가 제아무리 떠들어본들
그릇된 수백 가지는 옳은 것 하나가 될 수 없는 것이요
삶에 그릇된 수백 가지를 떠들어 내는 계산이 헛되고
삶에 그릇된 수백 가지를 떠들어 대는 시간의 거리가 헛되다
그릇된 수백 가지가
옳은 것 하나에 맞서야 하는 그 우둔함이 안타까울 뿐이다

목적에 만족은 없다
목적의 착각

삶을 목적하지 마라

목적으로의 삶은 만족되지 못해 삶은 언제나 공허하다

목적은 목적됨에 계산되어진 숫자의 값으로 충족될 뿐이다

목적된 충족은 담겨진 만족이 아니라서 갖추어지지 못하고

목적된 충족은 갖추어지지 못해 삶에 자부되지 못한다

목적은 만족이 아닌 충족이라 책임 없고 의지로 노력하지 않는다.

목적은... 의도함에 계산되어진 정해진 계산으로의 숫자요

충족은... 그 계산된 숫자의 값에 충족되어진 목적의 값이다

목적은 착각한다.

삶에 계산되어진 목적으로의 충족을 만족이라 착각한다.

목적에 노력도 의지도 책임도 갖추어진 것 없는 목적의 착각

목적은 의도되어 계산되어진 목적으로의 충족인 것이다

충족엔 책임감이 없어 의지된 노력으로의 자부심이 없다

목적된 충족은 계산으로의 숫자 그 값으로의 충족을 했다

충족된 목적은 담겨진 것 없는 공허함에 또다시 목적만을 만들고

목적은 만족을 깨닫지 못해 언제나 공허함에서 헤매인다

목적은 계산된 충족일 뿐이다... 목적에 만족이란 없다.

노력은 노력되어져 무한의 만족을 갖추어 담고
목적은 계산됨의 충족 그 한정된 값만을 지닌다

사랑은 마음을 빌려 쓰는 것이 아니다

그 마음을... 사랑한다면
그 마음을... 빌려 쓰지 마라
사랑은
심장이 말하고 마음이 표현하는 언어다

사랑... 그 숭고함을
거짓에 기만하고 농락하며
의도적 계산된 목적에
교묘히 마음을 빌려 쓰는 것이 아니다

그 마음을 사랑한다면
그 마음을 빌려 쓰지 마라
마음을 빌려 쓰는 추잡한 사랑은
계산되어진 노력 없는 마음에
계산되어진 책임 없는 마음을
계산된 목적만을 위하려 위선적 사랑에
책임지지 못할 문제들을 만들어간다
마음 담아주는 순수함을
눈치작전에 교묘히 빌려 써대며

마치 그 마음 자기 것 인양

양심도 없이 주워 담는다

　　　　　추잡한 자화상으로 사랑을 논하지 마라

사랑은

사람됨이 갖추어져

지니고 지닌 마음이

그 마음을 담고 담은 마음을

그 마음에 담아주는 것이다

인간쓰레기
그릇됨이 가능했던 반복

삶에 귀하고 소중한 사람은
삶에서 귀하고 소중하게 자부된다.
귀한 사람은... 삶을 귀하게 다스릴 줄 알고
소중한 사람은... 삶을 소중하게 다스리기 때문이다

사람이 인간쓰레기가 되기까지는 실수가 아니다
사람으로서 그릇됨을 지니고
그릇됨이 그릇되어왔음으로도 자각 없고
그래왔음의 가능했음을 각성하지 못하고
반성 없는 그릇됨을 반복하고 있는 인간들
이들을 삶의 인간쓰레기라 한다.

사람은 삶에 그릇됨의 정도와 기준을 알고 살아간다
사람이 사람으로서 인간쓰레기가 되기까지
사람으로서... 그릇됨을 자각함에 변화될 반성의 기회가 있었다
사람으로서... 그릇됨의 각성으로 변화될 반성의 기회가 있었다
그릇됨에게는 그릇됨이 변화될 기회라는 배려가 있었다
　　　　　그릇됨을 변화시킬 반성의 기회
반성으로까지의 배려조차도 그래오며 그래왔음의 가능함은

그들에겐 배려도 교활하게 그릇됨의 기회로 살아가 수 있는
이들을 인간쓰레기라 한다.
이에... 사람됨의 정도에 기준을 넘어 삶에서 악취를 풍기고
이로... 정도의 원칙적 질서를 넘어 삶의 정도를 흩어놓았다

반성의 기회
내 안에서 반복되고 있는 그릇됨이 있는가?

자유라며 착각들 한다

자유라 착각하며
거짓을 가지고 놀고 있지는 않은지
진정 자유에 정직하게 자유로운지
거짓에 눈을 가려놓고
속임수에 귀를 막아놓은
기만과 농락으로의 자유
양심에서 이탈된 자유로운 방탕함을 가지고
자유라고 착각하고 있는 건 아닌지 생각해보라

양심에게 묻겠다
진정 자유에 부끄럽지 않고 정직하게 자유로운가?
진정한 자유를 지니고 지금 정직하게 자유로운가?

자유라는 착각들은
거짓을 자유라며 비겁한 자유가 숨죽여 떠들어대며
진정한 자유에게 초라하게 쪼그라든 낯짝이 부끄러워
땅 구석에서 낯짝 부끄러운 비명을 질러대고 있진 않은가... 지금
부끄러움에 초라해진 자신을 알고 있지 않은가... 지금
거짓들이 옹기종기 모여

숨죽여 입담질로들 히히덕 떠들어대고 있지 않은가... 지금
부끄러움을 자유라며 떠들어 대고 있음은 상스러운 삶이다

자유!
자신을 지켜가며 지켜 줄 수 있음은
자신에게 있어 거짓 없이 정직할 수 있음에
자신에게 있어 부끄럽지 않을 수 있음이
진정한 자유다

허풍

마음속은 빈속이라 담겨지고 담고 담긴 것이 없구나
마음이 헛되어서 머리가 나선 거짓은 허풍이 되었고
마음이 헛되어서 머리가 나선 가식이 허풍이 되었다

허풍은 헛된 마음의 양심으로 머리가 계산해낸 거짓이요
허풍은 헛된 마음의 양심으로 머리가 계산해낸 가식이다

거짓을 한번 내뱉을 때마다 헛된 마음을 허풍에 날려버리고
가식을 한번 내뱉을 때마다 헛된 마음을 허풍에 날려버린다
헛된 마음 들어찬 마음에 담겨지고 담고 담긴 것이 없으니
허풍이 된 빈속은 거짓에 쪼그라들고
허풍이 된 빈속은 가식에 쪼그라든다
빈속을 위한 거짓과 가식으로 쪼그라들고 쪼그라든 빈속
빈속은 쪼그라져 더 이상 펴지지 못해 쪼그라든 삶이 되어간다
헛된 삶에 더 이상 펴지지 못하는 빈속은
쪼그라든 빈속에서 정직한 삶으로는 주눅 들어 살아가게 되고
삶이 주눅 들고 쪼그라들어 초라하게 살아가야 할 삶이 되었다.

이보게...

허풍떨지 말게나

허풍이 지닌 거짓과 가식은 자신 안에 정직하게 없는 것이라

허풍의 스스로가 찌그러져 주눅 들어 초라한 삶을 지니게 된다네

허풍 날려 얻은 칭찬질은 그들도 날려 보낸 허풍이었소

허풍 날려 얻은 인정질은 그들도 날려 보낸 허풍이었소

이보게... 허풍떨지 말게나

갖추어진 사람

실수를 보았다
실수를 드러내니 가식이었고
가식을 드러내니 위선이었다
위선을 드러내니 거짓이었고
거짓을 드러내니 기만이었다
기만을 드러내니 속임수였고
속임수를 드러내니 농락이었다
농락을 드러내니 목적이었고
목적을 드러내니 절망이었다
절망을 드러내니 추악함만이 담겼다
삶에... 삶의 추악함이 갖추어진 사람이다
갖추어진 사람이다.

실수를 보았다
실수가 드러나니 오해였고
오해가 드러나니 배려였다
배려가 드러나니 존중이었고
존중이 드러나니 노력이었다

노력이 드러나니 책임이었고
책임이 드러나니 의지였다
의지가 드러나니 자부였고
자부가 드러나니 감동이었다
감동이 드러나니 삶의 멋만이 담겼다
삶에... 삶의 멋이 갖추어진 사람이다
갖추어진 사람이다.

옳은 것 하나로의 중심은 옳은 삶으로의 노력에 멋을 갖추어 담고
그릇된 수백 가지는 그릇됨을 위하려 삶에 잡스러움만을 지닌다.

그릇된 양심의 귀소본능

잡스런 마음의 인간들은 자기만의 즐거움을 즐기지만
추잡한 마음의 즐거움이 자기 안에서 잠시 시들해지면
자신의 잡스런 마음과 추잡한 마음을 각성하지 못한 채
그래오며 그래왔던 익숙해진 안일함이 자신만의 무기인양
잡스런 마음이
추잡한 마음을 이끌고
평안한 기억이라는 귀소본능으로의
평온한 것에 머물고 싶은 것이 그릇된 양심인가 보오.

그릇된 양심으로의 귀소본능으로 정직한 삶을 기만하지 마라
그릇된 수백 가지의 불투명한 양심은
옳은 것 하나의 투명함에 드러내어져
초라하게 주눅 든 삶을 살아야 한다는 것을 깨달아야 한다.

그릇됨으로
그래왔음의 안일함은 평안함이 간절해 귀소 해야 한다면
안일함의 귀소로는 평온한 옳음에서는 익숙해지지 못한다
노력으로 바꾸어서 참된 삶으로 변화됨이 익숙해졌음에서야
귀소로의 정직한 평안함과 평온함을 갖추게 되는 것이다.

그릇됨은

바른 의지로 삶에 노력하라

참된 삶으로의 책임인 것이다

변명은 없다

변명은
추잡함만이 남는 초라한 쓰레기변론이다
　　　　　변명하지마라
변명은 자신을 보호해줄 의무가 없고
변명은 자신을 보호해줄 권리가 없다
변명은 어떤 그 무엇도 정당화되지 않는다
변명은 그릇된 양심의 추잡함이다
한번 정직해서 가여워질 양심이라도 보살펴라
...변명은 없다

양아치들의 표상
인간쓰레기

진심과 본심은 처신됨이 불리할 때 이용하려
거짓과 속임수로 지들만의 철저한 사생활에
가식적용으로의 이중적 삶을 살고 있는 양아치들의 삶
양아치들의 근성은 인간쓰레기의 표상이다

인간쓰레기들의 '심'

인간쓰레기들의 본심과 진심
인간쓰레기들의 본심… 그릇됨을 즐기려 땅 구석을 기웃거리는 '심'
인간쓰레기들의 진심… 본심을 위하려 그릇된 거짓으로 무장한 '심'
인간쓰레기들은
삶에 드러내어져 빛을 낼 힘이 없으니
땅 구석에 거짓을 위하는 심은 있구나

인간쓰레기들의 심으로
땅 구석을 기웃거려 얻어지는 건… 빛이 없는 어둠뿐이다

잔망스러운 양심
계산된 삶

잔망스러운 양심은
그릇된 자신을 위하려 삶에 잔망스러운 수백 가지 계산을 한다.
한세상 한번뿐인 귀한 삶을 가지고
그릇됨을 지닌 잔망스러움으로 수백 가지 삶의 문제들을 만들어
옳은 것 하나를 대면할 때면 그릇된 자신을 위하려 옳음과 맞서
그 수백 가지의 문제들을 풀며 오느라 계산하기 바쁜 삶이 되었다
애써 고달픔을 자초해 난국의 삶을 살고 있다... 그릇된 삶이다.

옳은 건 하나요 그른 건 수백 가지

잔망스러운 양심은
그릇됨을 위하려 언제나 거짓을 만들어내느라 삶이 바쁘고
그릇되어진 수백 가지의 거짓은 옳은 것 하나를 상대로
그릇된 수백 가지의 거짓으로 계산하며 풀어가기에 바쁘다
잔망스러운 그릇된 양심은 삶이 그릇됨으로 바쁘기만 하다

귀한 삶을 두고 어찌하여
그릇됨으로 수백 가지의 거짓을 만들고는 그리 바빠들 살고 있는가
잔망스러운 양심의 계산에

그릇됨을 위하는 거짓의 수백 가지로 무엇을 얻을 수 있겠는가...

그릇됨을 위한 수백 가지의 계산된 거짓은 삶으로는 어둠의 빛이요
그릇됨을 위한 수백 가지의 계산된 거짓은 삶에서는 어두운 삶이다

3부

내가 찍은 점 하나에도 책임이 따른다

불륜은 가족을 성폭행한 가장 잔인한 성폭행범이다

불륜은
가족에게... 가장 잔인하고 추악한 성폭행을 했다.

가족은 사랑 안에서 마음은 의심하지 않았고
가족은 사랑하기에 마음을 의심하지 않았다
마음은 신뢰하기에 믿음 안에서 평안했고
마음은 평온한 믿음에 의지하며 행복할 수 있었던 평온함에
마음에 담기고 담고 담긴 사랑이라는 가족
가족을 지켜주고 지켜가야 할 책임은
불륜이라는 생식기만 살아가는 추악한 성폭행범이 되어
가족이라는 신뢰된 심장에 고통스런 강간을 했고
가족이라는 믿음의 심장을 무참한 난도질로 성폭행을 해댔다
가족의 심장에 추악한 칼을 휘둘러 대는 가장 잔인한... 불륜

불륜은
가족의 신뢰와 믿음으로의 평안과 평온의 행복한 삶에서
믿음과 신뢰에 무참한 난도질로 상처의 삶을 살게 하였다
불륜들은 머리 몸통 생식기로만 살아가며
가족을 무참히 성폭행한 잔인한 변이적 괴물들이다.

불륜은 발정 난 변이적 괴물들

머리 몸통 생식기로만 살아가는 변이적 괴물들은
옆눈질에 발정 나고
곁눈질에 발정 나고
샛눈질에 발정 나서
똥내 나는 꼬랑지나 흔들어대며 양심 팔아 얻은 값으로
보이지 않을 거라며 자신의 삶을 거짓에 기만하고
들리지 않을 거라며 자신의 삶을 속임수에 농락한다.
안 보이고 안 들릴 것 같음은 변이적 괴물들의 착각이다

세상은 들리고 보이는 것이라
인간의 삶이 존재하는 것이다

부모님은 내 몸을 낳아주셨고
나는 내 삶을 낳았다
내 몸에 가족이 있고
내 삶에 가족이 있다

내 안의 삶을
귀하고 소중함에 지켜주고 지켜가는 책임으로의

삶의 평안과 평온으로의 만족을 담은 가정엔
세상살이 추잡하고 인생살이 추악하게 남의 가정을 뒤적질하는
발정 난 잡놈과 쌍놈들의 천박한 변이적 괴물들은 존재하지 않는다.

귀한 사람은
귀하고 소중함을 갖추어 담아 귀하고 소중한 삶이 존재하고
책임으로의 소중하고 귀한 삶에는 소중하고 귀한 사람이 존재한다.

불륜의 행색은 미천한 삶을 자처했다

불륜... 그 추악한 인간쓰레기들은

어느 구석에 지 꺼 있으니

보이지 않는다며 자신을 기만하고

들리지 않는다며 자신을 농락하며

거짓과 속임수로 위장해서는

돌아갈 지 곳 있으니

아무 일도 없었던 듯

옆눈질

곁눈질

샛눈질에 남의 찌꺼기들이나 이리 기웃 저리 기웃

히히덕거림에 책임은 없어도 되는 지들만의 뒷구멍

마음은 이미 시궁창이고

머리는 거짓된 계산질에 악취를 풍기며

진실도 없는 거짓들이 풍악을 울려대는 위로가

서로들에게 위로가 되어 준다고 착각들을 한다

칭찬질에 인정질에 똥내 나는 꼬랑지들이나 흔들어대는

한세상 삶에 미천한 인간쓰레기들... 미천한 행색의 삶이다

불륜은 추악한 변이적 괴물들이다

머리 몸통 생식기로만 살아간다.

내가 찍은 점 하나에도 책임이 따른다

생식기들의 광란

인간쓰레기를 자처하는
추악한 인간좀비들은
사람으로서의 소중하고 귀한 삶에
마음에 담기고 담고 담긴 게 없다
마음은 쓰일 일이 없어 퇴화되었다
마음이 퇴화되어진 인간좀비들
마음이 퇴화되고 없으니
머리는 남아있어 의도된 목적으로의
생식기들이 광란의 축제를 즐긴다.

인간좀비들은
머리
몸통
생식기로만 살아간다
사람이 아니다
변이적 괴물들이다

시궁창 인간쥐새끼들

사람으로 태어나
한번뿐인 귀한 삶을 두고
삶에
자신의 앞길에 빛을 내어줄 빛을 갖추어 담지 못하고는
자기 자신을 업신여기는 시궁창의 미천한 인간쥐새끼들
눈도 어둡고
귀도 어둡고
자신이 지닌 빛이 없으니 앞을 내다보지 못해
그저 추악한 습성질로 잡스럽게 살아들 간다.
시궁창에서 보이는 인정질에
쥐구멍에서 들리는 칭찬질에
초라하게 똥내 나는 꼬랑지나 흔들어대며 살아들 간다.
눈이 어두워서인지 보이지 않는다며 삶을 기만할 줄 알고
귀가 어두워서인지 들리지 않는다며 삶을 농락할 줄 아는
귀한 양심 팔아 목적으로만 살아가는 미천한 인간쥐새끼들
빛없는 깜깜한 세상이 지들 세상살이요
똥내 나는 시궁창이 인간쥐새끼들의 세상물정이라

한세상 한번뿐인 귀한 삶을 두고

어찌 그리 살고들 있는가...

추악한 인간좀비들

땅 구석 기어 다니다... 시간 되면
슬그머니 아닌 척
땅 위로 기어 올라와서는
쓰레기가 쓰레기가 아닌 척
양아치가 양아치가 아닌 척
거짓과 속임수로 이중생활을 위장하는
눈빛은 정도를 벗어나 흐트러지고
주워 먹은 입가에는 썩은 내를 풍기며
소름 끼치게도 역겨운 인간좀비들
인간좀비들은
추악한 변이적 괴물들이다
머리 몸통 생식기로만 살아간다
사람이 아니다

양심을 내다 파는 미천한 인간들
양심

사람으로 마음에 지닌 귀한 양심

양심을 내다 파는 미천한 인간들은

마음에 소중히 담기고 담고 담긴 게 없으니

그릇됨으로 지니고 지닌 것으로 목적으로의 계산되어진 거짓에

사람으로 지닌 귀한 양심을 팔아 거짓을 사서 거짓을 담는다

귀한 양심 팔아 담은 거짓으로 삶에 무엇을 할 수 있겠는가...

그릇됨으로 귀한 양심 팔아

잡스런 거짓을 담고

마음 주워 속임에 쓰고

마음 빌려 기만에 쓰고

마음 훔쳐 농락에 쓴다.

귀한 삶을 두고

미천한 인간들은

사람으로 담긴 귀한 양심을 내다 팔고는

사람으로서 그릇되고 추잡한 삶을 샀다

마음의 그릇됨으로 귀한 양심 팔아 잡스런 거짓을 사서 속임에 쓰고

마음의 그릇됨으로 귀한 양심 팔아 잡스런 거짓을 사서 기만에 쓰고

마음의 그릇됨으로 귀한 양심 팔아 잡스런 거짓을 사서 농락에 쓴다
사람으로의 삶에... 미천한 인간들

양심
마음에 담긴 귀한 양심은 그 무엇으로도 내다 파는 것이 아니다
귀한 양심 지켜주고 지켜가는 것이 한세상 삶으로의 덕인 것이다

되돌릴 수 없음이 용서할 수 없음이다

죄에게 말했다
죄가 죄가 되기 전으로 돌려놓으면 용서해줄 수 있다고

죄에게 묻겠다
죄는 죄가 되기 전으로 돌려놓을 수 있겠는가?
죄가 죄의 죄를 돌려놓을 수만 있다면
죄의 그릇됨도 없고 상처의 고통도 없는... 그때의 지금일 텐데
죄는 그릇됨을 만들어낸 시간의 거리에 있었다
삶의 시간은... 뒤로 가지 않는다
삶의 거리는... 뒤로 가지 않는다
삶은 돌려놓을 수도 돌아갈 수도 없는 것이다
삶의 그 무엇조차도 시간의 거리는 앞으로 가고 있음이
자연의 이치요 삶의 진리다.

죄는 죄가 되기 전으로 돌려놓을 수 없는 것을
어찌하여 상처의 고통에게서 용서로 돌려놓으려 하는 것인가
상처도 상처의 고통이 안타깝다 상처를 돌려놓을 수가 없어서
되돌릴 수 없음이 용서할 수 없음이다
죄에게는 죄가 지닌 죄의 그릇된 정도로의 값이 있다

살아가야 할 삶에

죄는 죄가 죄의 그릇된 그 정도의 값을 다스리며 살아가야 하는 것
이다

죄는 죄가 죄의 그릇됨을 다스리며 그 상처 된 고통을 깨달았을 때

죄는 죄가 지닌 죄의 그릇됨이 그 상처의 고통이라는 걸 깨달아야
하고

그 상처의 고통은 죄가 지닌 죄의 그릇됨이었음을 깨달아야 한다.

죄는... 올바른 삶을 통찰하지 못한 선택이었고

죄는... 삶에 그릇됨을 자초한 선택이었다

진정한 용서
용서

용서는
죄가 지닌 그릇됨을 죄가 용서해야 하는 것을 진정한 용서라 한다.

죄는 상처의 고통이 아니다
죄는 상처의 고통을 모른다
상처의 고통은 죄가 지닌 죄의 그릇됨 때문인 것이다
죄는 죄가 지닌 죄의 그릇됨을 알고 있다
죄는 죄가 지닌 죄의 그릇됨을 죄가 알고 있음에
죄는 죄의 그릇됨을 지닌 죄가 죄의 그릇됨을 용서해야 하는 것이다
죄가 지닌 죄의 그릇됨을 죄가 용서해야 하는 것을 진정한 용서라
한다.

상처의 고통이 죄를 용서한다면
죄는 상처의 고통을 용서해야 한다.

상처의 고통이 죄를 용서한다는 것은
상처의 고통은 상처로 베어진 고통에
죄가 지닌 죄의 그릇됨까지도 용서함에 고통에 고통이 되어야 하고
상처의 고통은 고통들을 고통으로 다스리며 살아가야 한다는 것이다

이것이 상처가 죄를 용서해야 하는 죄에 대한 용서인 것이다
상처의 용서라는 한마디는 상처보다 더 고통인 것이다
상처의 고통은 용서로의 고통까지도 상처의 몫이 된다.

죄가 용서로의 살아가야 할 삶에
죄는 죄가 지닌 죄의 그릇됨이 그 상처의 고통이라는 걸 알아야 하고
그 상처의 고통은 죄가 지닌 죄의 그릇됨이었음을 깨달아야 한다
죄에게는 죄가 지닌 죄의 그릇된 정도의 값이 있다
죄는 죄가 지닌 죄의 그릇된 정도의 값을 다스리며 살아가야 한다
죄는 죄가 지닌 죄의 그릇됨을 다스리며 고통으로의 상처를 깨달았
을 때
그릇됨을 반성하고의 깨달음이 진정한 용서로 용서가 되는 것이다
그리고의...
그릇됨을 깨달았음은 참회로의 삶을 살아가며
그릇됨을 용서할 수 있음이 그릇되었던 죄의 참된 용서인 것이다.

내가 찍은 점 하나에도 책임이 따른다

내가 찍은 점 하나에도 책임이 따른다
삶에... 책임지지 못할 점이라면 찍지 마라
책임지지 못할 그 점 하나가
책임지지 못할 문제적 삶을 만들어 놓을 것이다

삶의 정도에 예의를 갖추어라

사람으로의 삶에는… 정도가 있다
살고 싶은 삶에도… 정도가 있다

살고 싶은 삶이 있다면
삶의 정도를 뛰어넘지 마라
삶의 정도를 뛰어넘으면
정도를 벗어나 삶의 중심을 잃는다.

삶의 정도 앞에서
삶의 정도를 지켜가며 지켜주는
…삶의 정도에 예의를 갖추어라

원인

상대를 탓하기 전에
생각 없이 던진 자신의 속된 말 한마디가
삶에 무엇을 해하고 있는지를 깨달아야 한다
지금에 보이는 것이 전부가 아니다
지금에 들리는 것이 전부가 아니다

근본적 인성
갖춰진 인격
잠재된 인품이라는 인간 내면의 3대 요소는
언제 어디서나 무의식으로 드러내어지는 삶으로의 처신이 된다
인간 내면의 3대 요소는 무의식에 정착된 '나' 자신이기 때문이다
삶을 올바르게 다스려가며 참된 내면을 갖추어야 하는 것이다.

삶에 드러내어지는 삶으로의 처신은
인성 인품 인격이 갖추어져 내면에서 드러내어지는 것이다
삶으로의 처신은 갖추어진 자신 안에서 언제 어디서든 드러내어진다.

삶의 처신에
계산되어져 한정된 값으로의 의식으로의 처신이 되었음은 가식이요

의식으로의 처신되어진 한정된 값은 소모적인 가식으로의 처신이기에
자신 안에서도 계산된 값에 소모적 계산된 그 값을 하며 소모되고
어느 순간 언제 어디서든 잠재된 내면 그 무의식은 드러나게 된다.

처신은 가식적 처세술이 아닌
올바른 내면을 갖추는 것이다

책임이 따르는 점 하나의 세상
책임감

내가 찍은 점 하나에도 책임이 따른다

내가 찍은 점 하나에 책임을 다하고 있는가?
점 하나의 책임을 자신에게 질문해보라

사람으로서의 삶에
...존경을 받느냐
...비난을 받느냐

내가 찍은 점 하나에 있다

내 탓이 아니라오
그릇됨과 잘못이 탓이라오

담고 지닌 삶에
무엇을 어찌 탓하겠소...
　　　　　　살아온 삶에 그릇됨과 잘못이 탓인 거지

살아가야 할 삶에 탓을 담고 지니지 마라
살아온 삶에 그릇됨과 잘못된 탓이 있다면
살아가야 할 삶에는 탓을 다스려야 한다
살아가야 할 삶에 탓을 다스리지 못하고 담고 지니면
살아온 삶에 탓이 고착되어 변화 없는 탓은 변하지 못해
살아가야 할 삶에 탓만을 하며 살아가게 되는 것이다.

내 탓이 아니라오
그릇됨과 잘못이 탓이라오

　　　　　　　　　탓
　　　　　그릇됨과 잘못은 지금 어디에 있는가

4부

세상에서 가장 강한 것은 옳은 것 하나요
세상에서 가장 약한 것은 거짓뿐이다

세상에서 가장 강한 것은 옳은 것 하나요
세상에서 가장 약한 것은 거짓뿐이다

강한 것에 강해지고
약한 것에 약해진다는 내면의 누추한 의도는
자신보다 강함에 자격지심을 드러내는 꼴이요
자신보다 약함에서 자존심을 회복하는 꼴이다
초라한 자존심의 행색이 꼴값 떨며
칭찬질과 인정질에 놀아나는 자격지심인 것이다.

강한 것보다 강한 것은... 정직하게 정의로운 옳은 것 하나요
약한 것보다 약한 것은... 그릇된 거짓뿐이다

거짓은 정직한 삶에 정의로웠나?
거짓은 정직한 옳은 것 하나의 정의로움을 기만하지 말고
거짓은 그릇됨으로 정의로움을 농락하지 마라
거짓은 양심에 쫓기며 언제 어디서나 거짓으로 숨어 다니며
거짓은 정직한 옳은 것 하나의 정의로움에 주눅 든 초라함이다.

세상에서 가장 강한 것은... 옳은 것 하나요
세상에서 가장 약한 것은... 거짓뿐이다

거짓이 품은 허영과 사치

진실이 드러나면 사라질 허영과 사치
잡스런 거짓은 허영과 사치를 품었다
잡스런 거짓에... 가진 것 없어도
잡스런 거짓에... 지닌 것 없어도
잡스런 거짓에... 담은 것 없어도
잡스런 거짓에... 칭찬질이 배부르고
잡스런 거짓에... 인정질이 배부를 수 있는
칭찬질과 인정질에 놀아나는 헛배 들어찬 허영과 사치

칭찬질과 인정질에 놀아나지 마라
칭찬질과 인정질은 현실로 돌아서면 꺼져버릴 헛배다
허영과 사치를 품고 돌아서면 꺼져버릴... 텅 빈 자신
헛배가 꺼지고 자신은 보잘것없는 거짓만을 지녔다
거짓을 뿌려댄 시간의 거리는 거짓을 지닌 자신을 따르며
거짓을 뿌려댄 시간의 거리는 자신의 헛된 삶이 되었다

거짓된 삶으로 어떠한 그 무엇을 얻으려 하는가

나는 내 삶을 낳았다

자신의 올바른 삶을 살아가며 자신을 정직하게 칭찬하고 있는가?
자신의 참된 삶을 살아가며 자신을 정직하게 인정하고 있는가?

삶을 살아가며
삶에 정직하게... 거짓 없는 자신을 칭찬하고 진정한 자신을 자부하며
삶에 정당하게... 거짓 없는 자신을 인정하고 진정한 자신을 자부하며
세상살이 부끄럽지 않은 옳은 것 하나로의 정의로운 삶이 되어야 한다.

거짓 속에 숨어 사는 양심은
그릇됨을 위한 거짓이다

거짓 속에 숨어 사는 양심
그릇됨을 위하려 거짓에 그릇됨을 숨긴 양심은
삶의 진정한 자유를 자유로이 살아갈 수 없는 삶의 가책이다
그릇됨을 위하려 거짓을 하는 양심은 그릇됨을 지닌 마음이요
그릇됨을 위하는 거짓을 숨긴 양심의 마음은 그릇된 삶이다

그릇된 삶은 삶으로의 진정한 자유를 자유로이 살아갈 수 없다
그릇됨으로 진정한 삶의 자유를 잃고
그릇됨을 위하려는 거짓에 진정한 삶의 자유를 잃고
그릇됨을 위하려는 거짓을 숨긴 양심에 진정한 삶의 자유를 잃는다.

삶의 진정한 자유는
거짓 없는 정직함과 부끄럽지 않은 정의로움을 자부하기 때문이다

거짓 속에 숨어 사는 그릇된 양심은
거짓된 진실의 그릇됨이 양심 안에서 거짓에 숨어 살아가는 동안
그릇된 양심 스스로가 거짓 속 심장을 찔러댈 바늘가시가 될 것이다

그릇됨은 거짓을 만들고

거짓은 그릇된 양심이 된다

그릇된 양심은 그릇된 마음이요

즉... 자신인 것이다

그릇됨도 거짓도 양심도 자신 안에 있는 것

그릇됨을 위한 거짓은

거짓 스스로가 자신 안의 마음과 양심을 가두어 병들게 한다.

거짓의 근본은 그릇된 양심
그릇됨

거짓
거짓말
거짓된 속임수
거짓과 거짓말과 거짓된 속임수는 그릇됨을 위한 수단이다

그릇됨을 위하려 거짓을 하고
그릇됨을 위하려 거짓말을 하고
그릇됨을 위하려 거짓된 속임수를 드러내는 그릇된 마음의 양심

거짓과 거짓말과 거짓된 속임수는 그릇된 양심에서 생겨난 것이요
거짓의 진실은 자신 안의 그릇됨이다
거짓의 진실은 자신의 그릇됨을 위해 거짓으로 위장한 그릇된 양심

거짓의 진실은 그릇됨이라
거짓은 그릇됨의 진실이 드러내어지는 두려움에 거짓에 몸을 숨기고
거짓의 진실에 그릇됨을 거짓에 숨기고는 양심은 위축되어 주눅 들
었다
거짓의 진실은 거짓에 숨겨놓은 자신의 양심 안에 있는 것이요

자신 안의 거짓이 두려워하고 있는 양심의 진실은 자신 안의 그릇됨
이다.

그릇된 양심은 거짓을 만들었고
거짓은 그릇된 양심을 가두었다
거짓 스스로가 그릇된 양심에 위축된 독이 되었고
거짓 스스로가 독 안의 주눅 든 쥐가 되어 거짓의 독 안에서 헤맨다.
그릇됨의 자화상

사람이다
사람됨으로 부끄럽지 않은 정직함에서
사람다운 진정한 자유를 자유롭게 살아가야 하는 것이다

진실과 거짓의 숨바꼭질

하나의 그릇된 진실을 두고
그 하나의 그릇된 진실에게 드러내어질까 노심초사하며
거짓은 거짓을 위하려 수백 가지의 거짓에 거짓의 몸을 숨긴다
거짓은 수백 가지의 거짓에 거짓의 몸을 숨기고는
거짓의 미로 속에서 어둠의 숨바꼭질을 하고 있다
이 시간에 진실이 있을까 두려워하고
이 거리에 진실이 있을까 두려워한다
　　　　　거짓의 두려운 삶… 거짓은 진실이 두렵다
두려움에 거짓은
어리석은 숨바꼭질을 하며
거짓 속에서 삶에 진정한 자유를 잃었다.

거짓 스스로가 거짓 스스로를 두려워하고 있는 것이다
거짓의 진실은 거짓 속에 있는 것이라는 것을 깨닫지 못한다
진실이 어디선가 드러날까 두려워하는 거짓이 안쓰럽다
거짓은 어찌하여 스스로 두려움을 자처하며 살고 있는가.

그릇된 진실은
변하지 않는 불변의 그릇된 진실이기에 거짓을 찾지 않는다

변하지 않는 그릇된 진실은 거짓 속에 살고 있기 때문이다
불변의 하나 그 진실이 두려운 거짓은 그릇됨만을 위하려
수백 가지의 거짓으로 스스로가 어리석은 숨바꼭질을 하며
자신이 놓은 수백 가지의 거짓의 덫에서
거짓 스스로가 거짓에서 헤매고 있음을 깨닫지 못하는 것이다

진실은 거짓 속에 숨어 사는 스스로의 천적

거짓은 가식적이고 계획적인 계산
마음 없는 머릿속 게임을 즐겼다
거짓은 어리석었다
거짓된 머릿속 계산으로의 즐거운 거짓게임을 즐기는 동안
거짓의 그릇된 진실은 거짓 속에 있다는 것을 깨닫지 못했다.

거짓이 두려워하는 진실은 드러내어질 그릇됨이다
거짓은 그릇된 진실을 위하려 거짓 속에 숨겨두고는 깨닫지 못해
어디선가 나타날 진실만을 두려워한다
그릇됨 스스로가 스스로의 두려움이 되었다.

거짓은 어리석다
거짓은 그릇됨의 진실이 자신 안에 숨어 있음을 깨닫지 못하고
언제 어디서나 노심초사 진실이 드러날까 두려워한다
자신 안에 숨겨둔 그릇된 진실을 깨닫지 못하고 두려워하고 있다
거짓 스스로가 거짓 스스로를 두려워하는 어리석음이다
거짓의 즐거움은 거짓 스스로가 거짓 속에서 주눅 들어 초라해졌고
그릇된 진실은 거짓 속에 숨어있는 거짓 스스로의 천적이 되었다

거짓의 최후

늦대가 나타났다며
거짓을 했다
거짓으로의 그릇됨은 즐거웠다
거짓으로의 그릇된 기만의 즐거움에 거짓이 또 나섰다
거짓으로의 그릇됨은 역시나 즐거웠다
또다시 그릇된 농락으로의 즐거움에 거짓이 또 나선다
언제나 그릇된 기만과 농락으로의 거짓에 즐거워하던 양치기소년
진짜 늦대가 나타났을 땐 그래오며 그래왔던 거짓은 불신이 되었고
기회의 진실은 그래왔던 거짓에 가려져 그래왔던 거짓으로 불신되어
소중한 양 떼를 구해낼 참다운 기회의 진실을 잃게 되었다.

거짓의 최후는 우리네 삶 속에 있는 것

다시 태어나는 것보다
다시 사는 게 더 어려운 일

깨달음을 바꾸지 못하고 노력 없는 변화만을 기대한다면
깨달음에서 머무는 깨달음이요
깨달음에서 머물러 변함없고 변화 없는 삶인 것이다

깨달았기에 깨달음을 얻었다는 건 갖추지 못한 깨달음이다
깨달음이 있었더라면 그 깨달음은 노력되어야 한다.

깨달음에서 머물지 말 것이며
반성에서 머물지 말아야 한다
깨달음은 반성되어야 하고 반성은 노력되어져야 한다
깨달음의 반성으로 바꾸어놓은 노력으로의 변화가
진정한 깨달음이요
진정한 깨달음에서 변화될 수 있는 삶이 노력된 깨달음의 삶이다
노력된 삶의 변화는... 깨달음의 책임인 것이다

5부

옳은 것이 힘이다

옳은 것이 힘이다

아는 것을 가지고 그릇됨을 만들어내는 요상한 세상에
그것을 아는 것이 힘이라며 떠들어대는 괴이한 세상이다
옳은 것은 아는 것으로의 요상하고 괴이한 세상을 부정한다.

삶에
아는 것은 무엇이며
안다는 것은 무엇이며
알고 있는 것은 무엇인가

정직하게 정의로운 세상
옳은 것 하나의 세상은 정직하고
옳은 것 하나의 세상은 정의로우며
삶은... 옳은 것 하나의 세상을 신뢰한다.

삶으로의 아는 것은
옳은 것을 아는 것과 그릇된 것을 아는 것이
세상을 살아가는 삶에 공존하며 존재한다.

사람으로의 삶에 아는 것이 힘이다 의 정의를 부정할 수는 없지만

아는 것이 힘이 되어줄 때 그 힘을 지닌 아는 것은 무엇이며

안다는 것이 힘이 되어줄 때 그 힘을 지닌 안다는 것은 무엇이며

알고 있는 것이 힘이 되어줄 때 그 힘을 지닌 알고 있는 것은 무엇

인가

아는 것은 삶의 작용으로의 긍정이요

아는 것은 삶의 작용으로의 신뢰요

아는 것은 삶의 작용으로의 믿음이요

아는 것은 삶의 긍정적인 신뢰로의 믿음에 옳은 것이기 때문이다

아는 것에... 옳은 것이 힘이다

...아는 것이

...안다는 것이

...알고 있는 것이

세상살이로의 삶을 살아가며 힘이 되어준다는 것은

아는 것으로의 힘은

안다는 것으로의 힘은

알고 있는 것으로의 힘은

삶을 살아가며 삶의 작용에 옳은 것이 신뢰되기에
삶으로의 힘이 되어주는 것이다
삶의 작용으로의 옳은 것이 힘이다

아는 것
안다는 것
알고 있는 것의 근본은 '옳은 것'이다

아는 것이라는 정의에
아는 것은 삶으로의 아는 것이라는 삶의 작용에 신뢰되는 믿음이고
삶에 작용되어진 신뢰는 아는 것이 정직하게 옳아야 하는 것이며
아는 것은 옳은 것으로 삶을 이롭게 하는 삶의 작용에 정직한 신뢰다
아는 것이 수백 가지라 해도 삶으로의 옳은 것이라 정직한 것이고
아는 것이 수백 가지라 해도 삶으로의 옳은 것이라 신뢰되는 것이다
아는 것이 힘이다... 는 옳은 것으로 정직하게 신뢰되고 있는 것이다

아는 것이 그릇됨이면 아는 것은 변질적이고 변칙으로의 아는 것이요
아는 것이 그릇됨이라면 아는 그릇됨은 삶으로의 변질적인 변칙이다

삶은 그릇됨을 부정한다.

삶의 그릇됨은 신뢰로의 믿음이 없다

삶의 옳은 것이 그릇됨을 다스린다.

삶은 삶의 작용에서 그릇됨을 아는 것은 그릇된 변칙의 변질적 삶이다

이에... 아는 것이 힘이 되고 있는 아는 것에 힘의 근본은 옳은 것이다

옳은 것이 힘이다

옳은 것 하나의 세상은 정직하게 정의로우며

삶에 옳은 것 하나의 세상을 신뢰한다.

옳은 건 하나요

그른 건 수백 가지

옳은 것 하나는 그릇된 수백 가지를 다스려 참된 삶에서 평정한다.

아는 것은 무엇인가?

정의로운 승부

거짓에 가려놓았던 마음의 눈과
속임수에 막아놓았던 마음의 귀는
더 이상
잡스런 추악함이 드러내는 수백 가지 거짓의 악취를 견딜 수 없어
옳은 것 하나에 눈을 뜨고 귀를 열었다
변칙적이고 변질적인 추악한 인간좀비들의 잡스런 게임은 끝났다

수백 가지 아는 게 힘이 아니요
옳은 것 하나가 힘이다
옳은 것 하나가 그 어떤 무엇이 필요하겠는가
옳은 것 하나가 그릇된 수백 가지의 거짓과 속임수를 타도한다.

정의로운 승부

6부

다시 태어나는 것보다
다시 사는 게 더 어려운 일

다시 태어나는 것보다
다시 사는 게 더 어려운 일

오른손은 살아온 삶으로의 그릇됨으로 책임을 저버렸다
그릇됨으로 그래오며 길들여진 그래왔던 안일함의 익숙함
살아가야 할 다시의 삶에...
살아오며 책임을 저버린 오른손은 살아온 삶의 무책임이다
무책임은 잠재적 무의식에서도 나서지 말아야 하는 것이다

왼손은 다시 태어나는 것보다 더 어려운 다시의 삶에 있다
왼손은 번거롭고 낯설고 서툴고 어눌하다
왼손은 다시 태어나는 것보다 어려운 다시로의 삶에 나섰다
왼손은 잠재된 무의식에서도 각고의 노력을 해야 한다
왼손의 번거로움도 낯설음도 서툴음도 어눌함도
다시라는 기회의 책임감으로 의지로의 노력이어야 한다
의지된 노력의 책임 없이는 다시의 삶은 다시의 기회는 없다.

무책임한 오른손은 잠재된 무의식에서도 나서지 말아야 한다
다시에 그릇된 오른손이 무의식중에라도 나서게 된다면
다시라는 삶은 기회마저 저버린 비난의 삶이 되는 것이다
언제나 그릇된 후회와 후회를 거듭하는 비참해진 삶이요
기회를 저버린 삶의 후회가 그릇된 삶으로의 끝점이 된다

왼손의 다시로의 삶마저도 책임지지 못하는 삶은 후회뿐이다.

다시 태어나는 것보다
다시 사는 게 더 어려운 일

다시에서는 왼손이 옳은 삶으로의 안일한 익숙함이 되어야 한다
책임질 수 있는 의지의 노력... 다시라는 기회의 책임감이다

다시... 라는 노력

다시... 에
그때로 돌아가지 않으려 지금에 노력한다
지금의 노력은 그때를 알기 때문이다.

옳은 건 하나요
그른 건 수백 가지

다시 태어나는 것보다
다시 사는 게 더 어려운 일

변화만을 바라는 건 헛된 삶으로의 노력 없는 욕심이다
어떠한 모습이든 노력되어져 바꾸어야 변화된 모습으로
다시 서게 되는 것이다
책임으로의 다시라는 노력은 바꾸어서 변화되어야 한다
지금이 이다음이요
이다음은 지금이다

다시는...

그때로 돌아가지 않으려 지금에 노력한다

지금의 노력은 그때를 알기 때문이다.

7부

지금이 이다음이요
이다음은 지금이다

지금이 이다음이요
이다음은 지금이다

지금이 이다음이요
이다음은 지금이다

어제도 지금이 있었다
오늘도 지금에 있다
내일도 지금이 있을 것이다

어제의 이다음은 그제의 지금이었다
오늘도 이다음은 어제의 지금이었다
내일도 이다음은 오늘의 지금이다

이다음은 지금에 있다
지금이라는 지금을 귀하고 소중히 하라
지금이 이다음이요
이다음은 지금이다

이다음은
지금에 있다

지금 이 순간 무엇을 하고 있는가

지금 이 순간 무엇을 하고 있는가
지금이 이다음이요
이다음이 지금이다

지금의 해야 할 것들은
이다음이라는 약속에 미뤄두고 있진 않은지
지금을 살피고
지금에 살피는 것들을
지금에 다스려야 한다.

지금 이 순간 무엇을 하고 있는가
삶에 노력하며 자신을 갖추어라

살아온 삶은 알고 있고
살고 있는 삶은 살아온 삶을 알고 있다
살아가야 할 삶은 알고 있음에
지금을 노력해야 하는 것이다

내 삶의 지금은

이다음이라는 지금의 내 삶인 것이다
지금 무엇을 하고 있는지에
이다음이라는 지금을 깨달아야 한다.

지금 이 순간
무엇을 하고 있는가

가장 빠른 길
지금을 인정하라

지금을 인정하라
지금의 가장 빠른 길은
지금을 인정하는 것

지금의 것이 옳은 것이 아니라면
아닌 것을 인정할 수 있음을 두고 자존심에 지금을 부정하지 마라
자존심은 지켜주고 지켜가야 할 내 안의 자부심인 것이다
옳지 않은 것을 지켜주고 지켜가야 하는 것을 자부할 수 있겠는가?
자존심은 내 안의 것을 부정하는 것이 아니다
자존심은 내 안의 옳은 것 하나의 자부심을 지켜주고 지켜가는 것이다.

옳은 것이 아니라면 옳은 것이 아닌 지금을 인정해야 할 내 것이며
옳은 것이 아닌 지금의 내 것을 인정하고 움직여야 하는 것이다
자존심이 앞세워져 지금을 인정하지 못해 부정에 머물러 있다면
부정에 자존심이 머물러 움직여야 할 지금이 제자리걸음을 하게 되고
움직여야 할 지금이 부정의 자존심에 머무른 헛된 시간의 거리가 된다.

지금을 인정하라
지금을 인정할 수 있음이
지금을 움직일 수 있는 가장 빠른 길이다

가장 빠른 길은
지금을 인정하는 것이다

이다음에게 어떠한 약속의 기회를 주었는가

이다음에게
어떠한 약속의 기회를 주었는가...?
이다음을 가진 약속의 기회는
이다음 어디쯤에서 기다리고 있으려나

우리는
기회를 어찌 보내고 있는지
세상살이 한번뿐인 삶을 살아가며 기회도 지금에 있다
소중했던 기회는 이다음이라는 안일함에 끝나버리고
이다음이라는 약속은 기회가 되기 전에 사라져버렸다
이다음의 기회는 지금의 모습으로 기다려주지 않는다
약속으로의 노력도 지금에 있는 것이다.

이다음은 없다
이다음은 지금에 없고
지금은 이다음에 없다
한세상을 지금에 살아가는 사람으로의 삶이다
지금이 이다음이요
이다음은 지금이다

살고 싶은 삶에... 하고 싶은 것
살고 싶은 삶을... 하고 있는 것

사람으로
한세상 살고 싶은 삶이 있다

삶에... 멈춰있는 생각에서의 하고 싶은 것은
내 안에 담겨지지 못해 허공만을 맴도는 삶이요
삶을... 노력하며 움직여 하고 있는 것은
내 안의 살고 싶은 삶으로 갖춰지게 되는 것이다

살고 싶은 삶에
하고 싶은 것은... 이상적 상념으로의 삶이요
하고 있는 것은... 현실적 노력으로의 삶이다

노력하지 못해 멈춰서 있는 수많은 생각들보다
노력하며 움직여 내 안에 담는 것이
한세상 살고 싶은 삶이라는 것을 깨달아야 한다.

무엇을 하고 싶은가

무엇을 하고 있는가

사람으로 한번뿐인 한세상이다

삶의 자서전

지금
무엇이 먼저인지
헤아릴 줄 안다면 지켜가야 하는 것이다
헤아릴 줄 안다면 지켜줘야 하는 것이다
내가 찍은 점 하나에도 책임이 따른다.

내일을 살아야 한다면
내일은 지금일 테니...!

내일의 지금
지금을 지켜가며 지금을 살아왔고
지금을 지켜주며 지금을 살고 있다

살아지는 삶이 아닌
살고 싶은 삶을 살아가기 위한 지금에
살고 싶은 삶을 살고 있는... 지금
언제나 지금에 있고
언제나 지금에 있다

지금은 한세상 삶의... 자서전이다

시간은 독이다
지금이 약이다

시간은 독이다
지금이 약이다

시간은 독이다
시간은 뒤돌아보지 않고 냉정히 알아서 간다
시간은 지금을 배려도 존중도 하지 않는다
시간은 비겁한 약속일뿐이다
시간은 잔인한 약속일뿐이다
시간은 독이다.

지금이 약이다
지금은 이다음이요
이다음은 지금이다
지금은 내 안에 있고
지금은 내 안에서 움직인다
지금의 시간은 내 안에서 다스려진다
지금이라는 책임의 약은 내일의 평안함을 줄 것이며
지금이라는 노력의 약은 내일의 평온함을 줄 것이다
지금이 약이다.

시간은 독이다
지금이 약이다

8부

항아리

항아리가 숨을 쉰다

항아리

깊어서 그 깊음을 알 수 없고
넓어서 그 넓음을 알 수 없는
...항아리
지친 삶의 흙물을 담아놓으면 명약이 되고
거칠어진 인생의 술을 담아놓으면 깨달음이 되고
뜻을 담아놓으면 헤아림이 되는
고된 삶의 영혼을 숨 쉬게 하는... 항아리

숫자... 의 한정된 신물 나는 세상살이에
오늘도 난 항아리에 나를 담는다

항아리가 숨을 쉰다

불면증

이상이라는 놈과 현실이라는 놈은
깊은 어둠속에서 언쟁을 벌인다
그때...
머리라는 놈도 끼어드니
마음이라는 놈이 끼어들어
분쟁이 벌어지고
모르는 척 아닌 척 지나가려는데
의지와는 상관없이 청문을 시키는구나

어허이~ 웃기지도 않게
이놈들과 매일 밤을
고문과도 같은 청문놀이를 하고 있다

고독

멈춰서있는 18층
발코니 아래로 내려다보이는 저 아래 세상은
하얀 눈이 내려져 나무도 차도도 인도도
사람들도 모두 하얀 아름다운 겨울이 되었다

아름답지만
...내 것은 아니다

기억으로의 편견
공포

기억이 던져낸 편견

13일 그리고 금요일

13일의 금요일

이 순간 영화 한 편이 공포를 안겨준다

세상에 던져댄 13일의 금요일이라는 선입견

그 공포는 트라우마와도 같은 편견

공포

...그 기억이 주는 편견

깨달음의 고독은 비극이다

현실이 주는 슬픔은 고통이지만
깨달음이 주는 슬픔은 고독이다

깨달음의 고독을 안다는 건
...비극이다

혼잣말

혼란스러움에...
머릿속은 소란을 피우고
멈추지 않는 의문의 잡념들은 시비를 건다
소란에 그 어떤 생각조차도 멈춰야함은
멈추지 않는 의문의 잡념들과
혼잣말에 대답 없는 대화라도 하고 있음이요
지금의 혼란스러움에서 출구를 찾으려
시비가 된 잡념들과 소통하고 있는 혼잣말은
지금의 혼란스러움과의 타협이었다
...화를 다스리며

번뇌

머리는 냉정해져 웃음은 나오는데
마음은 아파 눈물이 난다

한여름 장마 속 장대비
기다림의 설렘

눈과 섞인 비가 설렌다

눈과 섞인 비의 설렘은

한여름의 장대비가 있는 여름장마를 기다린다

한여름 장마 속 장대비를 기다리는 가을 겨울 봄이 설렌다

그리고

...기다린다

기다림은 내가 살아가는

살고 싶은 삶의 설렘이다

한여름 장마 속 장대비의 기다림은

가을이 설렌다

겨울이 설렌다

봄이 설렌다

기다림은

기다림이

...설렌다

그리고

기다린다

한여름의 장마 속 장대비를

장대비가 설렌다

한여름 장대비가 설렌다
장대비 속에서
홀로이 서있으면
세상 잡스러움도 보이지 않고
세상 잡소리도 들리지 않는다
오직 장대비만 보인다
오직 빗소리만 들린다
...장대비가 설렌다

내 심장을 가슴에 묻고

이승에서의 그리움은 먹먹함이 되었고
저승을 따라갈 수 없음이 막막함이 되었다
지금 내겐
그립다 말 못하고
기다리라 말 못함을
묵묵히 살아가야 한다
먹먹함과 막막함을 지켜가야 함은
사랑으로 지켜왔음의 책임 된 도리에
그리움을 지켜가야 할 책임 된 도리에
묵묵히 살아가야 한다
내 심장의 춤은 멈추었고
나는...
내 심장을 가슴에 묻었다

그리움은 시들지 않는 꽃이다
저승 처에 전한다

사랑한다
내... 사랑

심장에 자리한 영혼의 책임이었다
책임질 수 있었던 내 안의 책임은 사랑이었고
책임을 다하고 있었음에도
이승에서의 마지막이라면
보듬을 수 있었던 하얀 귀한 숨결을
보듬을 수 있었던 하얀 소중한 숨결을
이제는 아파해야하고 슬퍼해야함이
남겨진 그리움에 외로움이 애달프다

아파하며 슬퍼함의 그리움은
앞으로의 삶에 비련을 남겨놓았고
비련이 남겨졌음은 그 삶에 책임을 다했음에도
심장에 자리한 영혼은 심장이 멈추지 못해
가슴속에 묻혀 멈추지 못한 심장에 꽃을 피웠다

내 사랑...
너는 비련보다 더 애절한 가슴 속에 시들지 않는
내 심장을 멈추지 못해 그리움의 꽃이 되었구나
...그리움의 먹먹함을 저승 처에 전한다

내일도 그리움에 내가 가련다

그리움은 잠이 들고
먹먹함은 잠을 잔다
잠이 든 심장으로는 그리움을 안아볼 수 있으려나
잠이 든 눈으로는 그리움이 보이려나
잠이 든 귓가에는 그리움이 들리려나
잠은 다시 그리움으로 깨어나고
잠은 다시 먹먹함으로 깨어나선
슬픈 눈물 되어 깨어난 먹먹한 그리움에 애통함을 전한다

이승에서의 애통한 그리움에
잠에서 깨어있는 심장은 그리움뿐이고
잠에서 깨어있는 영혼도 그리움뿐이라
그리움은 오늘도 잠이 들고
먹먹함은 오늘도 잠을 잔다

오늘은 잠이 든 심장으로 그리움을 안아볼 수 있으려나
오늘은 잠이 든 눈에 그리움이 보이려나
오늘은 잠이 든 귓가에 그리움이 들리려나

내일도
그리움에 내가 가련다
그리움에 가다 내 심장이 멈추면
내 심장은 그리움을 안고서 다시 춤을 추련다
어디만큼에서 그리움이 멈춰지려나...

내 심장에 자리한 영혼은 내 심장이 멈추지 못해
가슴속에 묻혀 멈추지 못한 심장에 꽃을 피웠고
너는 비련보다 더 애절한 가슴 속에 시들지 않는
내 심장을 멈추지 못해 그리움의 꽃이 되었다

그리움... 고요한 슬픔

그리움의 슬픔은
잠속 고요한 아픔이다
잠속에서도 숨겨지지 못하고
잠속 무의식의 공간에서도
고요한 먹먹함이 슬프다
아련히도...
잠속의 길을 걷는다
잠속의 길을 걷다 멈추면
고요한 슬픔은
잠재적 무의식까지도
슬픔이었다

슬픔의 의식

슬픔은...
몸 밖으로 나와서까지
슬퍼하고
아파하고
괴로워하며
고통을 견딜 수가 없어
심장에 북을 쳐댄다
심장을 쳐대는 슬픈 북소리에
슬픈 잠이 들고
잠에서 깨어나서도
아련한 아픔으로 여운을 남긴다
먹먹한 심장에
북을 치고 쳐대는 한 서린 곡소리는
...슬픔의 의식이다

집이라는 무인도

집
하루살이 한 마리
내 무릎 위에서 장난을 치며
꼼실꼼실 간지럼을 주고
포닥포닥 시선도 가게 한다
내 집에 살면 내 가족이니
하루를 살더라도
우리함께 베란다로
빗소리 마실이나 가자

멋스럽게 흐린 날

짙은 회색빛이 살아 움직인다
검정빛 흰빛의 구름 번진 하늘이 멋스럽다
시간이 의식되지 않는 움직임에서
나는 멈추었다
공간만이 내게 속삭인다
...멋스럽게 흐린 날이라고

대자연의 변하지 않는 카리스마
장대비 번개 천둥

장대비... 세상 잡스러움도 보이지 않고
　　　　 세상 잡소리도 들리지 않는 비의 카리스마
번개...　 세상의 어둠을 밝혀주는 빛의 카리스마
천둥...　 세상의 부끄러움 없는 큰소리의 카리스마

세상 변하지 않는 절대적 존재로의 믿음
대자연의 카리스마는 원칙의 신뢰인 것이다
삶의 삼라만상에
대자연의 변하지 않는 카리스마를 사랑한다

내 삶에 장대비와 번개와 천둥을 신뢰한다
이 또한 변하지 않는 내 삶으로의 믿음이다

마력의 술친구

술이라는 놈을 만나면
그의 마력에 취한다
그의 마력에 취해
벽이랑 이야기도 하고
거울이랑 대화도 하고
가끔은 밥그릇이랑 친구가 되어
밥그릇인생에 대해 토론도 한다
어허이~

멋의 품격

오래된 고찰에 가면
묵묵히 배어있는 깊은 향내가 있다
고찰이 담은 깊은 향내는
향을 피워 그릇됨을 비우고
향을 태워 그릇됨을 비우며
참된 오랜 시간의 거리가
경건히 배어있다
하나의 향이 지닌 위엄의... 깊음

그 깊은 향내에 이끌리고
그 깊음에 정숙해지는
그 오랜 묵묵함이 지닌 고찰의 기운이다
흉내 내지도 못함이요
흉내 낼 수도 없는 것이다
그 향내는 지금 향을 피운다고 그 향은 담아지지 않는다
그 향을 담아보려 가식의 향을 피워보지만
가식의 향은 거칠고 눈이 시리다

묵묵함으로 지닌 빛과 향은

가식으로는 담아지지 않는다
참된 오랜 묵묵함이 지켜오는
멋의 품격
...사람도 그러하다

9부

사랑은 희생이 아닌 책임감이다

사랑은 희생이 아닌 책임감이다

사랑은... 지켜주고 지켜가는 책임감을 믿고 의지하기에
사랑에... 책임을 다하고 있는 책임감에는 희생도 따른다
사랑 안에서 책임감을 뒤따르는 희생은
책임을 다하고 있는 책임감을 신뢰하기 때문이다.

사랑에 책임감 없는 희생은 사랑이 아니다
사랑은 봉사할 수 있는 봉사로의 희생이 아니다
마음의 사랑이 책임도 없이 희생하며 봉사하는 것이던가

사랑은
귀하고 소중한 내 안의 사랑을
지켜가며 지켜줄 수 있는... 내 안의 책임감이다

사랑은
희생이 아닌 책임감이다

그 마음을 사랑한다면
참된 사랑

그 마음을 사랑한다면

사랑은...
마음이 갖추어져 지니고 지닌 마음에
심장이 말하고 마음이 표현하는 언어이다.

사랑함을
마음에... 담고
마음에... 담은
마음에... 담긴
담고
담은
담긴 마음의 자부된 책임감이
마음에서 표현되는 것이다

사랑은
귀하고 소중한 마음에
귀하고 소중함을 지니고 지닌 마음이
마음에 담기고 담고 담긴 마음을 내어

그 마음에 담아주는 것이
마음이 사랑할 수 있는 진정하고 참된 사랑인 것이다.

사랑은...
마음이 갖추어져 지니고 지닌 마음이
마음에 갖추어져 담기고 담긴 마음을
그 마음에 담아주는 것이다

사랑한다면 애착하라

사랑에 의한 애착
세상 잡소리에… 귀 기울이지 않고
세상 잡스러움에… 현혹되지 않고
실언에… 내 사랑을 부끄럽지 않게 자부할 수 있는 노력된 의지가
사랑으로의 애착인 것이다

사랑은 희생이 아닌 책임감이다
사랑의 책임감에
사랑으로의 집착은 애착과의 불가분의 관계가 되기도 한다
책임 되어지고 있는 사랑에는 집착이라는 희생도 따르고
집착은 희생이 되어 책임 있는 애착의 뒤를 따르게 되며
애착을 뒤따르는 집착은 사랑 안에서 애착을 고착시킨다
애착을 뒤따르는 집착은 사랑의 책임감을 신뢰하기 때문이다.

사랑한다면… 애착하라
사랑은 집착이 아니다
집착은 애착 앞에 나서지 말 것이며
집착은 애착의 선을 넘지 말아야 한다.

10부

옳은 것 하나의 중심

옳은 것 하나의 중심
자신만의 철학을 담아라

움직이며 변화되는 합리적인 칭찬질을 바라기보단
움직이며 변화되는 합리적인 인정질을 바라기보단
움직임 속에서도 흔들리지 않고
변화됨 속에서도 변하지 않는
옳은 것 하나의 중심에 서서
옳은 것 하나의 자신을 정당히 칭찬하고
옳은 것 하나의 자신을 정당히 인정할 수 있는
옳은 것 하나의 신념을 지닌 자신만의 철학을 담아라.

옳은 것 하나가 자신 안의 중심이 되어
옳은 것 하나를 지켜가고
옳은 것 하나를 지켜주는 노력된 책임에
자신을 칭찬하고 자신을 인정하는 책임감으로의 정직함이 담긴다.

옳은 것 하나의 중심은
삶에 나를 칭찬할 수 있는
삶에 나를 인정할 수 있는
삶으로의 정직한 자부심이 담겨지는 것이다
살아온, 살고 있는, 살아가는, 옳은 것 하나의 중심

...삶으로의 의지된 노력이다

옳은 것 하나는 하나의 정직함에 움직이지 않는다

옳은 것 하나는 하나의 정직함에 변화되지 않는다

옳은 건 하나요

그른 건 수백 가지

옳은 것 하나는 수백 가지의 삶의 작용에도 옳은 것 하나만이 담긴다.

그릇됨 하나는 수백 가지의 삶의 작용에 수백 가지의 그릇됨을 담는다.

옳은 것 하나의 중심에 서라

내 삶에 후회는 없다
선택

선택할 수 있었음은
뒤돌아 아쉬움 없는 내 삶으로의 의지다

후회는 없다
후회는 없다... 는 내 삶의 정의에
후회 없을 노력
내 자신과의 의지된 약속
그 참다운 책임을 다하고 있기 때문이다

내가 나를 정직하게 칭찬하고
내가 나를 정의롭게 인정하라

자신을... 정직하게 칭찬하지 못하면
헛된 칭찬질에 끌려다니며 허송세월이요
자신을... 정의롭게 인정하지 못하면
헛된 인정질에 끌려다니며 허송세월이다

내 안의 정직하게 칭찬할 수 없음에 칭찬질을 위한 거짓을 담고
내 안의 정의롭게 인정할 수 없음에 인정질을 위한 거짓을 담는다
내 안의 거짓은 거짓 스스로가 내 안의 거짓을 알고 있기에
내 안의 삶은 거짓으로 위축되어 삶으로의 자신감을 잃게 되고
거짓은 내 안의 삶을 거짓된 자격지심에 위축시키며
거짓은 내 안의 삶이 거짓에 가책되어 초라하게 되는 것이다.

그들만의 합리적인 칭찬질이 아니어도
그들만의 합리적인 인정질이 아니어도
내가 나를 정직하게 노력하고의 내 안에 담긴 칭찬이 자신감이요
내가 나를 정의롭게 노력하고의 내 안에 담긴 인정이 자신감이다
그리고의 칭찬과 인정은 삶에 부끄럽지 않은 내 안의 자부심

자신을 칭찬할 수 있는 올바른 삶으로... 내 안에 나를 담고

자신을 인정할 수 있는 정직한 삶으로... 내 안에 나를 담는
한세상 부끄러움 없는 삶의 자부심을 담아야 한다.
내 자신을 정직하게 칭찬하고
내 자신을 정의롭게 인정하라

내 안의 삶에서 정직하게 노력하고 있다면
있는 그대로의 정직함은 삶으로의 자신감이다
있는 그대로의 정직함에 삶으로의 자신감은
언제 어느 곳 어디서든 칭찬받고 인정받는 참된 삶인 것이다

사랑은 표현이다

심장이 말했다
　　'내 심장이 춤을 춘다'
사랑은 심장이 춤을 추며 마음이 표현하는 마음의 언어요
그 마음의 표현은 마음을 자유롭게 하는 것이다
사랑은 그만의 자유가 되어야 한다.

사랑
삶은 삼라만상 복잡하고 어려운 다사다난한 삶이다
복잡하고 어려운 삶에 사랑은 삶으로의 중심이 되어야 하기에
사랑은 삶으로의 옳은 것 하나가 되어야 한다.
옳은 것 하나가 중심에 서면 복잡하고 어려움이 보이질 않는다
옳은 것 하나가 중심에 서면 복잡하고 어려움이 들리질 않는다
사랑은... 삶의 옳은 것 하나가
흔들림 없는 삶으로의 중심이기 때문이다.

사랑이다
복잡하고 어려운 인간사... 세상 삼라만상 삶의 다사다난함에서
표현 없는 사랑을 알아주기보단
사랑이 중심이 된 옳은 것 하나로

사랑이 중심이 된 옳은 것 하나에

심장이 말하고

마음이 표현하는

마음이 표현해 내고

마음이 표현할 줄 아는

그 마음을 마음의 눈에 담아주고 마음의 귀에 담아 주며

중심으로의 마음에서 그 행복을 채우는 것이다

사랑은

마음에서 표현해 마음의 기억으로 담아 주는 것이다

자유를 사랑한 노력

사랑

마음을... 담은

마음에... 담긴

사랑은 그 담고 담긴 마음의 책임감이다

책임지고 지켜주고

책임지고 지켜가는

지켜줄 수 있다는 것엔 숨은 노력이 따르고

지켜갈 수 있다는 것에 숨은 노력이 따른다.

사랑을 담은 자유

담고 담긴 마음이 자신에게 있어 부끄럽지 않을 때

사랑하는 삶으로의 진정한 자유가 갖추어짐에 담긴다.

사랑의 자유

사랑의 자유는 부끄럽지 않은 자신을

지켜주고 지켜가는 노력이 따르고

사랑의 자유는 노력으로의 책임이 따른다.

사랑의 자유는... 내 안에서의 노력이요

사랑의 자유는... 책임이 따르는 나만의 자유다

사랑은 희생이 아닌 책임감이다
사랑은... 담고 담긴 마음의 책임을 다하는 노력이다
사랑은... 삶을 살아가는 삶의 참다운 자유인 것이다

자존심을 보듬어라

사랑을 한다면
서로에게 있어서
나를 지켜가는 것이 사랑하는 너를 지켜가는 것이요
나를 지켜줄 수 있음이 사랑하는 너를 지켜줄 수 있음이다

나를 지켜가는 자존심
너를 지켜주는 자존심

자존심을 보듬어라
진정함으로의 마음은... 갖추어진 사랑이다

사랑을 한다면
서로에게 있어서
보이지 않는 시간의 행색은 다르더라도
들리지 않는 거리의 행색은 다르더라도
마음이 갖춘 자존심을 보듬을 수 있을 때
사랑하는 우리... 함께라는 마음은 같은 것이다

신뢰

신뢰는
신뢰로 믿음 안에서 자유로운 것이다
신뢰는 불신이 탐하지 못하는 것이다

믿음은 불신을 신뢰하지 않는다
불신은 믿음을 신뢰하지 않는다

신뢰는 불신이 아닌
신뢰로 믿음 안에서 자유로워야 하는 것이다.

근본적 마음과 갖춰진 마음
양심

양심은
마음과 마음 안에 있는 또 다른 마음이다

양심은 마음을 가르친다고 해서
양심을 배우고 채우며 얻어지는 것이 아니다
양심은 마음을 가르친다고 해서
양심을 배우며 비우고 얻어지는 것이 아니다

양심... 마음과 마음 안에 있는 또 다른 마음이다
마음이 지닌 근본적 마음이 양심이요... 마음
마음에 갖춰져 담긴 마음이 양심이다... 마음 안의 또 다른 마음

양심은
마음이 지닌 근본적 마음의 정도와 기준에
마음에 갖춰져 담긴 마음의 정도와 기준이
마음에서 마음으로 나서는 것이 양심이다.

양심은
한세상 사람됨이 삶으로의 정도와 기준에 맞서

마음이 지닌 근본적 정도와 기준으로의 양심과

마음에 담겨 갖춰진 정도와 기준으로의 양심이

살아가는 삶의 작용에 의해 움직여지는 것이

삶으로의 마음에 담긴 양심인 것이다.

참된 양심이란

근본의 마음에... 양심의 옳음을 알고 바른 양심으로 실천해가며 갖
추고

갖춰진 마음에... 양심의 그릇됨은 반성하여 깨달아 옳음을 담는 것
이다

올바른 양심은 부끄럽지 않은 삶으로의 참된 마음이다

브레이크와 제동력

멈출 때를 아는 것엔
그래... 의 원칙적 질서
그래... 멈춰야 하는
정도라는 양심의 원칙적 브레이크가 작동한다.

그래도... 의 아쉬움에 변칙의 변질이 나서면
정도로의 멈출 때를 지나쳐 버린
삶으로의 힘겨운 사고다

자동차에도 질서와 원칙이 따르고
삶에도 질서와 원칙이 따른다.

선택

선택은

내 안에서... 내 자신과 나와의 협상으로 이루어진 것이다

내 안에서... 내 자신과 나와의 협상되어짐으로의 선택이요

선택은 자신과 협상되어진 타협이다.

상대와의 타협

나 홀로의 일방적인 선택으로의 타협으로 상대와 타협하는 것이다

상대와의 타협에 있어서는

뒤돌아 아쉬워하지 마라

뒤돌아 후회도 없어야 한다

선택은 상대와의 타협 이전에 나와 내 자신과의 협상되어진 선택이

었다.

선택의 공증은... 마음의 양심에 있다

타협

타협은

내 안에서... 내 자신과 나와의 협상으로 이루어진 것이다

내 안에서... 내 자신과 나와의 협상되어짐이 타협이요

타협은 내 자신과 나와의 협상되어진 혼자만의 선택이다.

상대와의 타협

나 홀로의 일방적인 선택으로의 타협으로 상대와 타협하는 것이다

상대와의 타협에 있어서는

뒤돌아 아쉬워하지 마라

뒤돌아 후회도 없어야 한다

타협은 상대와의 타협 이전에 나와 내 자신과의 협상되어진 타협이

었다.

타협의 공증은... 마음의 양심에 있다

11부

비우는 것도 얼음이요
담는 것도 얼음이다

비우는 것도 얻음이요
담는 것도 얻음이다
깨달음

깨달음은
깨달음을 깨닫고... 그에
반성으로 노력되어져 변화될 수 있음이 진정한 깨달음이다
반성된 노력으로 다스리며 비우는 것도 얻음이요
노력된 변화를 갖추어 담는 것도 얻음이다.

깨달음에
깨달았음을 자각하여 반성하였는가?
깨달았음에 반성으로 노력하였는가?
깨달았음은 노력되어 변화되었는가?

깨달음은
깨달음을 깨닫고... 그에
반성과 노력되어진 내 안의 변화에서 진정한 깨달음을 얻는 것이다
반성에 노력되어진 값은 삶으로의 얻음이라는 깨달음이 존재하기에
그릇됨을 비워낼 수 있음이 깨달음이요
옳은 것을 담는 것이 깨달음이다.

깨달았음에 깨달았으니 깨달음을 얻었다며 착각하고 있는 건 아닌지

깨달았음은 진정 깨달음에 무엇을 얻을 수 있었는가?

깨달았음에 머물러 있으면서 깨달음을 얻었다 한다면 어리석은 착각이다

그릇됨을 비워낼 수 있음이 깨달음이요

옳은 것을 담는 것이 깨달음이다

깨달음이 있다면...

깨달았음에 반성하고 노력되어 변화되어야 하는 것이 진정한 깨달음이다

비우는 것도 얻음이요 담는 것도 얻음이다

마음은 변하는 게 아니다
마음이 바꾸는 것이다

마음은 변하지 않는다
마음은 변하지 않기에 바꾸어야 할 마음이 바꾸어야 하는 것
변화되어야 할 마음이 마음을 바꾸어 변화됨에 변하는 것이다
그릇됨으로 그래오며 그래왔던 안일함에 익숙해진 시간의 거리는
그릇됨은 자각되지 못했고
그래오며 각성되지 못했고
그래왔던 안일함을 반성하지 못했다
그릇됨이 그릇됨의 안일함까지 그래오며 그래왔음에 익숙해졌다
그릇됨이 익숙해질 때까지 책임된 노력의 의지가 없었던 것이다
그릇됨이 그래오며 그래왔던 안일했던 익숙함의 거리와 시간을
그래오며 교묘히 그릇됨의 그래왔던 안일함을 깨달을 수 있었음에
바꾸어야 할 마음이 바꾸는 것이다.

기회를 달라며... 그릇됨으로 익숙해진 난잡하게 잡스러운 양심이
자신만의 그릇됨을 꾀하려 그래오던 계산으로 잔망질을 해댄다
그릇됨의 잔망스러운 잡스러움은 그릇됨으로 익숙하게 무장되어서
지니고 담긴 것이 그뿐이라 계산된 잔망질에 그 순간만을 모면한다
그릇됨은 변화됨이 간절했더라면 그릇됨으로 익숙해지지 않았을 것
이다.

그릇됨 속엔 아는 것이 그뿐이라 또다시 그래왔던 안일한 익숙함에
또다시에서도 그릇됨만이 담기고 그릇됨만을 담게 된다... 익숙함에
익숙함은 자신 안에 있는 것

마음은... 바꾸어야 할 마음이 바꾸는 것이다
그릇된 익숙함에 끌려다니지 마라
마음은 변하는 게 아니다
마음이 바꾸는 것이다.

그리고의 포기는 또 다른 희망

포기는 쉽지 않아야 한다
포기는 더 이상의 희망이 없어야 한다
포기는 더 이상의 기대도 없어야 한다
포기는 뒤돌아 아쉬움이 없어야 한다
포기는 후회로 남겨지지 않아야 한다.

그리고의 포기는
...또 다른 희망이다

누가 그 값을 논할 수 있을까

누가 그 값을 논할 수 있을까?
지금에... 너와 내가
마음의 값을 두고 그 값을 논할 수 있겠지
머리의 값이라면 정해진 숫자에 계산하겠다만
마음의 값이 어디 정해진 것이던가
살아왔고
살고 있고
살아가는
너와 나의 삶이... 논할 수 있는 값인 것이지

논할 수 있는 마음의 값은 있나?

자신을 다스리며 삶을 갖추어라

기억하라

생각하라

자각하라

각성하라

그리고 반성하라

그리고의 깨달음이 있다면... 삶에 노력하라

노력되어진 삶

살고 싶은 삶을 살아가는 내 안의 삶에서

노력이라는 내 안의 의지에... 마음의 태도가 갖춘 처신은

살고 싶은 삶에 자부될 삶으로의 언어다

자신을 다스리며

삶을 갖추어라

12부

술

술

술을 왜 마시냐고?

취하려고

왜 사느냐고?
나는 내 삶을 낳았다
내가 삶이다
내가 살아가는 내 삶에
내가 취하려고!

술이든 삶이든...
그 누구도 나를 대신해서 취해주지 않는다.
내가 마신 내 안의 술에 내가 취하고
내가 사는 내 안의 삶에 내가 취한다.

내 안에서 취하는 술은... 내 안의 내 술에서 내 술의 멋에 취해야
하고

내 안에서 취하는 삶은... 내 안의 내 삶에서 내 삶의 멋에 취해야
한다.

건배!

13부

비교하지 말고 존재하라

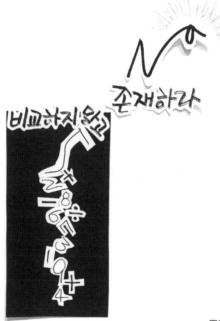

비교하지 말고 존재하라

비교하지 말고
존재하라

내 안에서... 존재하는 삶이 될 것인가
내 안에서... 존재 없는 삶이 될 것인가

존재
존재는 자신 안에 있는 것이다
자신 안에 있는 자기세상 자기물정이 내 안의 삶인 것을
우물 안 개구리도 우물 안에선
우리가 알 수 없는 개구리라는 그들만의 삶이 존재한다
그 누가 우물 안 개구리라며 손가락질 할 수 있을까?

삶은 내 안에서 내 안의 삶을 가꾸는 것이다
삶은 내 안에서 내 안의 삶을 꾸미는 것이다
삶은 배려하고 존중하는 것이요
삶은 배려받고 존중받는 것이다

내 안의 삶은

비교하는 것이 아니다

내 안에서 내 안의 삶이 존재하는 것이다

내 안의 삶을 지니고 담는 것에... 비교하지 말고 존재하라

앞으로 가는 삶의 시간
삶으로의 시간은 내 안에서 허락되기 때문이다

삶은

계산되지 못하고 간다

계산되지 못하는 삶에

알 수 없음을 살아가는 시간

알 수 없음을 살아가는 삶의 거리

열두 고개 스무고개

엎치락뒤치락

산 넘어 산

그래도 살아간다는 건

내 안에서 허락되는 시간이 존재하기 때문이다

내 안에서 허락되는 삶의 거리가 존재하기 때문이다.

시간은 뒤로 가지 않는다

삶의 거리는 뒤로 가지 않는다

나 또한 뒤로 살지 않는다

앞으로 가며 내 안에서 다스려지는 시간

앞으로 가며 내 안에서 다스려지는 삶의 거리

　내 안에서의 다스려지는 삶의 시간의 거리에서 내 안의 삶은 갖추어
진다.

앞으로 가는 시간의 거리를 다스리며

살아가는 내 안의 삶에 노력하라

삶으로의 시간의 거리는 내 안에서 허락되기 때문이다

삶과 시간의 거리를 다스리는 일

삶 속에 시간의 거리는 존재하고
삶은 변화한다.
시간의 거리도 변화한다.

변화하는 삶은 나를 지켜주지 않는다
변화하는 시간의 거리는 나를 지켜주지 않는다
나를 삶에 구속하지 말아야 한다
나를 시간의 거리에 구속하지 말아야 한다.

삶에 시간의 거리는 없다
시간의 거리에 삶은 없다
내가... 삶이요
내가... 시간의 거리다
내 안에 삶이 존재하고
내 안에 시간의 거리가 존재한다.

변화하는 삶과
변화하는 시간의 거리는
내 안에서... 삶과 시간의 거리를 다스리며 살아가야 하는 것이다
다스린다는 것은 내 안의 삶과 시간의 거리에 대한 책임감이다

내 안에서 다스려지며
내 안에 갖추어지는 삶

기다려야 하는 삶은 없다
나를 기다리는 삶도 없다
내가 살고 싶은 삶이 존재한다.

지금...
내가 다스리는 내 안에서의 삶과
나를 다스리는 내 안에서의 삶이
지금 내가 살아가는
지금이 내가 살고 싶은 삶의 존재다.

기다려야 하는 삶은 없다
나를 기다리는 삶도 없다
내가 살고 싶은 삶이 존재하기에
존재하는 내 삶은 내 삶의 책임이요
내 삶의 책임은 의지된 노력으로
내 안에서 다스려진다... 지금

내 안에서 다스려지는 삶은
내 안에 갖추어지는 삶이다

내가 삶이다

삶으로의 멋에
내 안의 삶에 만족을 담았고
만족에 내 안의 삶을 담았다

현명한 삶으로의 참개구리는 우물 안에 만족을 담고
우물 안 참개구리가 자신의 삶에 노력함을 자부하니
노력의 빛이 자부된 우물 안은 황금빛으로 꾸며졌구나
자기 세상살이를… 다스려가며
자기 세상물정을… 갖추어 담아
삶으로의 멋을 담는다.

어리석은 황소개구리는 자신의 겉치레만을 목적에 담고
우물 안을 자부하지 못하고 연못가의 헛된 황소가 되려 함은
남의 인생만을 쫓다 늙고 늙어
우물 안 황소개구리 인생도 못 살다 관속 세상에서 통곡하며
저승길만 걷게 된다오.

비교하지 말고 존재하라
내가 삶이다

내 집은 어디인가
내 삶은 어디인가
내가 집이요
내가 삶이다

만족은 마음의 값이 노력되어지는 만큼 넓고 깊어지고
책임된 삶에 의지의 노력은 자신의 삶을 자부하게 한다.

인생이라는 삶에는 성공과 실패란 없다
긍정

한세상을 살아가는 삶에
성공과 실패란 없다
한세상에 태어났음이 인생 성공이다
부모님의 사랑으로 한세상에 태어났음이 성공이요
사랑으로 태어나 지금을 살고 있음이 성공인 것이다

삶을 살아가는 동안
성공과 실패에 자신의 존엄성을 잣대질하지 마라
세상에 태어난 성공으로 삶에 희 로 애 락 하며
내 삶의... 희 로 애 락에
자신을 다스리며 살아가는 삶이 성공인 것이다
자신을 갖추며 살아가는 삶이 성공인 것이다

부모님은 내 몸을 낳아주셨고
나는 내 삶을 낳았다
세상에 태어났음이 성공이요
내가 삶이다
내가 삶인 내 삶에
살아가는 삶을 다스림이 성공인 것이다

살아가는 삶을 갖추는 것이 성공인 것이다
인생이라는 삶은 실패란 없다
내 몸과 내가 삶이라는 성공만이 살아간다.
…삶은 긍정이다

대기업의 총수가 되었다
대기업의 총수는 그릇된 경영으로 감방에 갔다
무엇이 성공이며
무엇이 실패던가

팔자가 자신을 지배하게 하지 마라
삶의 변화

팔자

내 팔자가 그렇지... 라는 문제의 팔자에 나를 놓지 마라

내 팔자가 이래서... 라는 문제의 팔자에 나를 놓지 마라

팔자에 나를 가두어 놓고 자신을 지배하게 하지 마라

팔자는 정해진 것이 아니다

팔자는 삶에 있다

팔자는 노력하여 바꾸고 변화되며 사는 것이다

내가 삶이다

팔자는... 내 안의 삶에 있다

삶은... 내 안에 있다

삶은 의지된 노력이 따르는 내 안의 책임이다

팔자가 나를 가두어 자신을 지배하게 하면 안 되는 것이다

뜻한바 평안하지 않더라도 노력은 내 안의 삶을 변화시킨다

뜻대로 평온하지 않더라도 노력은 내 안의 삶을 변화시킨다
여자로 남자로 태어난 것은 변하지 않는 타고난 운명이지만
팔자는 내 안의 삶에 있다
책임감 있는 삶에 의지로의 노력은 내 안의 삶을 변화시킨다.

팔자는 내 안의 삶에 있다
팔자를 변화시킬 수 있는... 내가 삶이다

자신을 먼저 논하라

내가 삶이다
유전자를 논하려거든
환경을 논하려거든
...자신을 먼저 논하라

부모님은 내 몸을 낳아주셨고
나는 내 삶을 낳았다
내 몸을 귀하고 소중히 하며
내 삶을 귀하고 소중히 하라
내 몸은 소중하고 귀한 것이라... 지켜주며 지켜가는 내 안의 책임
이요
내 삶은 소중하고 귀한 것이라... 지켜주며 지켜가는 내 안의 책임
이다
　　　　유전자는 나의 몸과 나의 삶을 책임지지 않는다
　　　　환경은 나의 몸과 나의 삶을 책임지지 않는다

나는 내 삶을 낳았다
나는... 세상 사람이 아닌
나는... 세상에 사람이다

내 안에 부모님의 유전자가 존재하고
내 안에 내가 다스리며 갖추어야 할 내 삶으로의 환경이 존재한다
내가 나로 살아가며 삶을 노력함에 나를 다스리고
내가 나로 살아가며 삶을 책임짐에 나를 갖추며 살아가야 하는 것이다
내가 한세상에 내 삶을 지니고 태어났음이 내가 살아가는 삶인 것이다.

내가 살아가는 삶이란
나를 다스리며 나를 갖추는 책임으로의 삶이다
내가 삶이다

유전자를 논하려거든
환경을 논하려거든
…자신을 먼저 논하라

취미는 일상이다
긍정의 삶

너는 취미가 있는가?
너에게 취미는 무엇인가?
삶으로의 질문에 잠시 대답 없는 고민을 하게 되고
나는 취미가 있었던가…?
나에게 취미는 무엇일까…?
삶의 질문을 자신에게로 되짚어 질문을 하게 된다
우리는 취미라는 질문에 대답 없는 고민을 하게 된다
삶으로의 질문과 삶의 질문은 삶을 살아가는 일들이다

취미는… 내 안의 삶에 존재하는 일상
취미는… 일상이다

삶 속에서 모든 일상을 살아가는 우리들
삶은 일상을 살아가는 것이 삶으로의 취미인 것이다
취미를 즐기듯이 일상을 긍정하며 살아가라는 것이다

삶은
긍정적인 일상을 취미로 행복함에 즐거워져야 한다.

젊음의 특권

늘어서 젊어지려 말고
젊어서 늙어지지 말고
나이가 아닌 '나'로 살아가는
지금이라는 젊음의 특권
귀하고 소중하게 살아가는 삶
젊음의 특권이라는 마음의 값!

젊음에 나이가 있나

꿈
꿈은 잠에서 깨는 것이다

당신은 꿈이 뭐요?
꿈이요…?
잠에서 꿈을 꾸는 게 꿈이요
잠에서 꿈을 깨는 게 꿈입니다.

꿈
꿈이 현실이라면
현실은 삶으로의 희망도 저버려야 하고
현실은 삶으로의 소망도 저버려야 한다
희망이 있어도
소망이 있어도
기적이 현실이 될 때까지 꿈만 꾸어야 할 테니까
당신은 꿈이 뭐요… 에 꿈만 꾸게 하지 마라
꿈을 이루려거든 잠을 청해라
잠속에 있는 것이 꿈을 만날 수 있는 곳이다
꿈에는 긍정이란 없다
그렇다고 부정도 없다
꿈은 이루어지는 것이 아니라 잠에서 깨는 것이다.

꿈을 이루려 말고

내 삶으로의 바라는 희망이 이루어지도록 노력하라

내 삶으로의 바라는 소망이 이루어지도록 노력하라

꿈은

...잠에서 깨는 것이다

'나'로 산다는 것엔 나이가 없다

'나'
나로 산다는 것엔 나이가 없다
나이가 드는 것 또한 '나'이기에
나로 살아가며
내 안의 나를 다스리며
내 안의 참된 나를 갖추는 것이 '나'인 것이다

나이가 드는 건
내 몸이 지난 시간의 거리일 뿐

나이는 자식이 아니요
나이는 부모가 아니요
나이는 어른이 아니다
내가 자식이요
내가 부모요
내가 어른인 것이다

나로 살아가며
내 안의 나를 다스리며

내 안의 참된 나를 갖추는 것이 '나'인 것이다

나로 산다는 것엔 나이가 없다

나이

나이
삶을... 살아온 시간을 인정해가며 나이를 갖추고
삶에... 살아온 거리를 칭찬해가며 나이를 갖추며
세상살이에 자신을 정중하게 지켜주고 지켜가는 것이
나이라는 값이다

삶에... 몇 살로 살아갈 것인가
삶을... 어떠한 나이로 살아갈 것인가

삶은 숫자로의 나이가 아닌
자신을 다스리며 자신을 갖춘 나이로 살아가는 것이다
...사람됨의 나이

참된 나이는 숫자가 아니다
나이는... 자신을 다스리며 자신 안에 갖추어진 삶이다

14부

자부심

내 사랑... 로봇 태권V

로봇 태권V... 특정 인칭 명사가 아닌
　　　　'정의'의 대명사

나는... 너가 있기에 혼자가 아니다
너는... 내가 있기에 혼자가 아니다
우리함께 하며 자부하는 삶에 신뢰가 앞장선 믿음의 존재
우리함께... 를 지켜주고
우리함께... 를 지켜가는

　　　　　　　　내 사랑... 로봇 태권V

나는
신뢰가 앞장선 내 안의 자부되어지는 믿음의 사랑
정의의 내 사랑... 로봇 태권V를 사랑한다.

사랑

'내심장이 춤을 춘 다'

내 사람골동품

내... 사람골동품
귀하고 소중함이 오래되면 나이 들어 고물이 되고
그 귀하고 소중한 고물이 오래되면 골동품이 된다.
사람골동품은
그 영혼의 값이 무한정이라
무한정 마음의 값인 소중하고 귀한
내 사람골동품
내 안의 삶에 귀하고 소중하다

너는 나만의 자유

내 사랑
너는 나만의 자유다

나는 너만의...
시처럼 자유로운 표현의 글이 되었고
음악처럼 자유로운 표현의 소리가 되었고
그림처럼 자유로운 표현의 그림이 되었다
내 안의 거짓 없는 표현이요
내 안의 거짓 없는 자유다.

내 사랑
너는 나만의 자유다
나는 너만의
자유로운 글이요
자유로운 소리요
자유로운 그림이다.

시처럼
음악처럼

그림처럼
너에게 거짓 없는
나만의 자유를 담는다
너는 나만의 자유다.

자부심을 담은 자유
삶의 정의로움

마음이 자유를 달리고 있을 때
자신에게 들리는 마음의 소리가 자신을 자유롭게 한다
언제 어디서나 배려받을 수 있다는 것은
언제 어디서나 존중받을 수 있다는 것은
자신의 정직한 사고의 자부심이 자유를 달리고 있음이다.

합리적인 칭찬질이 아닌... 정당함으로 칭찬받고
합리적인 인정질이 아닌... 정당함으로 인정받고
거짓에 낯짝 부끄럽지 않은 정직함에 부러움을 받고
받은 부러움을 담은 솔직함이 부끄럽지 않게
합리적인 시선 따위에 의식되지 않는 책임 있는 정의로운 삶

이 모든 건
세상 삶으로의 부끄럽지 않은 정의로운 자부심에
내 안의 정직한 자유를 자유로이 달릴 수 있음이다

부끄럽지 않은 정직한 삶
용기와 자신감

용기

부끄럽지 않은 거짓 없는 정직한 삶의... 용기

삶에 용기 있게 나설 수 있는

삶의 용기를 자부하게 하는 힘은

부끄럽지 않은 거짓 없는 정직한 삶에 책임으로의 의지된 노력이다

삶의 용기는 거짓이 없어야 한다.

자신감

부끄럽지 않은 거짓 없는 정직한 삶의... 자신감

삶에 자신 있게 나설 수 있는

삶의 자신감을 자부하게 하는 힘은

부끄럽지 않은 거짓 없는 정직한 삶에 책임으로의 의지된 노력이다

삶의 자신감은 거짓이 없어야 한다.

삶에... 책임으로의 의지된 노력은

삶의... 용기와 자신감을 자부하게 한다

삶에 거짓 없는 정직한 용기와
삶에 거짓 없는 정직한 자신감은
한세상에 자부되는 부끄럽지 않은 삶이다

위안 속엔 위로가 있기 때문이다

사랑은
서로의 위로가 아닌
함께로 위안이 되는
우리함께의 사랑으로의 애착관계

사랑은
서로를 위로하는 나와 네가 아닌
함께로 위안이 되는 함께하는 우리가 된다.

사랑은
서로에게 위로가 되어주는 나와 네가 아닌
함께하며 함께로 위안이 되어주는 우리가 된다.

사랑은
우리함께 우리의 삶을 긍정하며
우리함께 긍정하는 긍정의 에너지가 빛이 되어 우리를 빛내주고
우리함께 긍정하는 긍정의 에너지가 힘이 되어 우리에게 힘이 되어
주는
서로에게로의 위로가 아닌

우리함께로 위안이 되는 우리함께 사랑하는 애착관계로의 존재다

위안 속엔

위로가 있기 때문이다

잠재적인 절대적 권력
의지

의지는
자신과의 약속을 책임질 수 있는 잠재의 절대적 권력이다

홀로이 감당할 수 있는 자신의 삶을 살아가고 있음은
나와 내 자신과의 소통으로 타협되어진 절대적 약속이요
내 자신과의 절대적 약속을
지켜주고 지켜가는 내 안에서의 책임... '의지'인 것이다

자신과의 약속을 지켜주고 지켜갈 수 있음은 책임이요
한세상 살고 싶은 삶을 살아갈 수 있는 의지인 것이다

의지
자신을 지켜줄 수 있는 용기
자신을 지켜갈 수 있는 용기
용기로의 노력되어진 책임은... 내 삶의 절대적 권력이요
절대적 권력은
내 삶을 지켜주고 지켜갈 수 있는 절대적 의지가 담긴다.

자신과의 절대적 약속
의지

의지는
자신과의 절대적 약속인 것이다
내 자신과의 약속을
지켜주고
지켜가는
내 안에서의 책임... 의지인 것이다

내 안에 나를 지켜가고
내 안에 나를 지켜주는
내 삶을 자부할 수 있는 책임감으로
자신과의 절대적 약속을 지켜가며 지켜주는 것이다
의지는... 내 안의 절대적 약속이다

내 안의 절대적 권력
의지

나를 귀하게 하는 힘은
삶에 부끄럽지 않은 올바름을 갖추어
나 자신을 지켜주고
나 자신을 지켜갈 때
내 자신에게 나를 자부할 수 있는 힘
절대적이라는... 내 안의 약속된 의지다

절대적이 지닌
내 안의 의지의 힘은
삶을 살아가며 자부할 수 있는 모든 것들에
세상살이 내가 지닌 권력과도 같은 것이다

내 안의 절대적 권력은
옳은 것 하나의 중심에서 흔들리지 않는... 내 안의 의지

참개구리의 우물 안 세상

우물 안 참개구리에게
우물 안 개구리라며 손가락질 하지 마라
우물 안 참개구리는
우물 안 자기 안의 삶을 자부하며 만족한다
우물 안 참개구리는 우물 안의 삶이 자부된 만족에
우물 안의 만족을 꾸미고 가꾸며 보살피고
우물 안의 자부를 꾸미고 가꾸며 보살피고 살아간다
우물 안 참개구리는 자부된 만족에 평안하고 평온한 삶을 살고 있다.

다른 삶에 손가락질 하고 있는 동안
너의 우물 안은 들여다보며 보살피고 있는가?

만족은 내 안의 삶이다
내 안의 삶이 만족이다

우물 안 참개구리는
참개구리 삶의 바른 세상살이를 하며
우물 안에 참되고 바른 삶의 세상물정을 담는다.

우물 안 참개구리는

우물 안을 꾸미고 가꾸기에 만족하며 자부한다.

우물 안 참개구리는 만족으로의 자부심이 무엇인지 알고 있기에

만족하는 자부심에 자신의 삶인 우물 안을 꾸미고 가꾸기에 바빠

너의 세상살이 너의 세상물정에 관심 없어 손가락질 하지 않는다.

만족은 내 안의 삶이다

내 안의 삶이 만족이다

만족으로 자부된 행복한 삶은 다른 삶을 탓 하지 않는

만족으로의 삶에 행복이 담겨있다

사고
'멋' 부릴 줄 아는 삶

사고로의 '멋'
옳은 것 하나를 삶의 중심으로 사고하며
사고의 멋을 내 안에 담은 사고로
멋 부릴 줄 아는
옳은 것 하나로 만족되어지는 삶이다
내 안의 만족된 삶은 내 안에서 존재한다
옳은 것 하나에 삶의 만족이라는 멋으로
…사고하는 삶에 멋 부리며!

사고의 멋은
시공간에 존재함이 아닌… 내 안에 있다

내 안에 나를 담고
내 안에 나를 지닌
삶으로의 '멋'

멋스런 사고를 누릴 수 있는
내 안의 값을 누리며 살아가라
내 안에 내가 담겨졌을 때
내가 내 안에 담겨졌을 때
삶으로의 멋이 담긴다.

내가 지닌 빛과 향기
언제 어느 곳 어떤 자리에서든
보이지 않는 곳에서도 빛이 나고
들리지 않는 곳에서도 향기가 있는
내 안에 나를 다스리고
내 안에 내가 갖추어진
내 안에 의지된 노력이요
내 안에 의지된 노력의 책임이다

내가 나를 지닌다는 건
내 안에 나를 담는
내 안에서의 삶에 대한 노력

삶으로의 '멋'
자신을 지켜가며
자신을 지켜주는
한세상 부끄럽지 않은 삶에
나를... 내 안에 담는 것이다
내 안에... 나를 담는 것이다

인생의 멋

15부

깨달음

사람 안에서 시간의 거리가 존재한다

사람 안에서 시간의 거리에
다스려진 시간의 거리는
갖추어진 시간의 거리를 담는다.

참다움을 지닌 사람은
참다운 시간의 거리를 살아가게 된다.
옳음을 지닌 사람은
옳음의 시간의 거리를 살아가게 된다.
정직함을 지닌 사람은
정직한 시간의 거리를 살아가게 된다.
멋을 지닌 사람은
멋스런 시간의 거리를 살아가게 된다.

그릇됨을 지닌 사람은
그릇된 시간의 거리를 살아간다.
사람으로서...
그릇됨으로 살아온 삶에서 초라하게 누추해진 삶을 살아가는 것은
인간의 삶 속에서 사람다운 시간과 거리의 존재를 다스리지 못하고
사람으로의 참다움을 다스리지 못해 불행한 시간의 거리를 만들어낸

그릇되어진 시간의 거리를 살아왔기 때문이다

시간의 거리 속에 내가 존재하는 것이 아니다
내 안의 삶에서 시간의 거리가 다스려지며
내 안의 삶에서 시간의 거리가 갖추어지는 것이다
내 삶으로의 시간의 거리를 어찌 다스리며
내 삶으로의 시간의 거리를 어찌 갖추어갈 것인가
시간의 거리는 내 안의 삶이다

사람과 시간의 존재 1

시간의 존재함
시간 속에 사람의 존재가 아닌
사람 속에서 시간은 존재하는 것이다
사람이 시간의 존재를 만들어 살고 있음이고
시간이 없다...?
시간이 없다는 건
사람이라는 존재가 없음을 깨닫게 한다.

시간 속에... 사람은 존재하지 않는다
사람 속에... 시간은 존재한다

시간은 내 것이 아니다
시간 속에 삶은 없다
내가... 삶인 것이다
내 안에서... 시간은 존재한다.

삶은...
시간이 만들어 주는 것이 아닌
'나'라는 삶에서 시간이 만들어진다.

시간에서 살려 말고
나에게서 시간을 다스리는 것이다

사람과 시간이라는 존재
이는... 내가 한세상 사람으로 어찌 살아야 하는지의
인생을 살아가는 삶으로의 깨달음이다

사람과 시간의 존재 2

아둔한 사람은
언제나 시간에 쫓기어 살면서
시간이 없다고 한탄만 한다
그 없는 시간은 한탄 속에서만 있는 것인가?

              내 안에서 시간은 존재한다

시간을 다스리지 못하면
귀하고 소중한 삶을 시간에 구속당하게 된다
내 안에서 시간을 다스릴 줄 알아야 한다
시간을 다스릴 줄 아는 사람은
귀하고 소중한 삶의 시간을 누릴 줄 아는 것이다.

사람과 시간의 존재 3

시간은...
계산되어진 머리가 생각하는 계획적 삶이요
삶은...
계산될 수 없는 마음이 지닌 영혼의 삶이다

인생이라는 시간은
구구단으로 살아갈 수 없는 것이 사람의 삶인 것이다
시간 속에... 사람은 존재하지 않는다.
사람 속에... 시간은 존재한다.

　　　　　　내 안에서 시간은 다스려지고
　　　　　　내 안에서 삶은 갖추어진다

헛된 욕심

마음은 영혼의 값이요
머리는 숫자의 값이다
사람은 계산 되어진 삶으로만은 살 수 없는 삶이거늘
머리로만 살아갈 수 없는 게 사람인데
욕심으로는 하늘에 닿지도 못할 삶을 가지고
어찌 삶에 한정된 숫자의 값을 하려 드는 건지

삶에...
마음에 마음을 담으면 계산 없는 삶의 정도에 빛이 담겨지고
마음에 욕심을 담으면 정도를 뛰어넘는 계산을 해야 하기에
마음의 욕심은 정도를 뛰어넘어 담지도 못할 빚을 지게 된다.

마음을 담으면 빛의 값이요
욕심을 담으면 빚의 값이다

허송세월

자기 세상살이 자기 세상물정을 살다
사랑으로 연을 맺어 담고 담긴 마음 다해
부창부수하며 보듬고 살아가는 게
행복한 삶이겠지만
어리석은 삶으로 깨닫지 못해 헤매이게 되면
한세상 한번뿐인 귀한 세상살이
허송세월... 에 눈뜨니 관속이더라.

진정 너는 자유를 아는가

자유
자신을… 지켜주며
자신을… 지켜갈 수 있음은
자신에게 있어 거짓 없이 정직할 수 있음에
자신에게 있어 부끄럽지 않을 수 있음이
진정한 자유다

자유
내 자신 안에서는 내 자신에게… 부끄럽지 않아야 하고
내 자신 안에서는 내 자신에게… 정직할 수 있을 때
자유라고 말할 수 있는 진정한 자유가 따르는 것이다

자유
내 자유 안에서는 내 자유에게… 부끄럽지 않아야 하고
내 자유 안에서는 내 자유에게… 정직할 수 있을 때
자유라고 말할 수 있는 진정한 자유가 따르는 것이다

거짓 없는 자유에는 문제적 삶이 존재하지 않는다
자유에도 '나'라는 책임이 따르기 때문이다

자유
자신을 부끄럽지 않은 정직함에
자신의 책임을 구속시키는 것이 세상살이 자유인 것이다

순수함보다 더 정직한 게 어딨겠소

순수함은
있는 그대로 그 하나가 정직하게 그대로 드러내어지는 것이다

순수함... 그 하나에
거짓이 끼어들지 않은
속임수가 끼어들지 않은
선입견이 끼어들지 않은
편견이 끼어들지 않은
허상이 끼어들지 않은
욕심이 끼어들지 않은
계산이 끼어들지 않은
가식이 끼어들지 않은
의도가 끼어들지 않은
목적이 끼어들지 않은
순수함은 있는 그대로의 그 하나가 정직하게 투명한 것이다
그릇된 그... 무엇 하나 끼어들지 않은 순수함

"순수함보다 더 정직한 게 어딨겠소!"

승부

계산된 머리로는
절대 순수함을 이기지 못한다.

마음은 무의식에 갖추어진 영혼의 값을 담는다.
마음은 영혼의 무한한 값으로의 무의식이요
머리는 의식적 계산되어진 한정된 값을 지닌다.
머리는 정해진 값으로의 의식이다

계산된 머리로는
절대 순수함을 이기지 못한다.
순수함은 계산될 수 없는 무한한 영혼의 값이요
계산된 머리는 한정된 숫자의 값이기 때문이다

인생 값

인생... 값
위아래 크고 작은 존재로의 갑이 아닌
삶을 깊게 사고하며 넓게 살아가는
인생 깊고 넓은 값으로 존재하는 삶
깊고 넓은 인생의 값은 삶을 값지게 한다.

삶에... 인생 갑보단
삶을... 인생 값지게

어른들은 왜 순수함을 잃었을까

사람들은
"어른들은 왜 순수함을 잃었을까?" 라며 어리석은 질문들을 한다
어른이라서가 아니다
사람으로서... 순수함을 깨닫지 못하고 살아가기 때문이다
순수함이란 무엇 하나 끼어들지 않은 투명하게 정직한 것

어른들은 왜 순수함을 잃었을까?
어른이라서가 아니다
사람으로서...
거짓을 하고 속임수를 일삼으며
허상에 선입견과 편견을 끼워 넣고
의도된 욕심을 덧붙여
계산된 목적을 숨기고
있는 그대로의 투명함을 드러내지 못함을 깨닫지 못하고는
순수함을 잃었다며 어리석은 의문점들만을 남긴다.

어른이라서가 아니다
사람으로서
삶에 사람으로서 참된 나이를 살아가며

삶을... 살아온 시간들을 인정해가며 정직한 나이를 갖추고
삶에... 살아온 거리들을 칭찬해가며 올바른 나이를 갖추며
세상살이에
자신을 정중하게 지켜주고 지켜가는 것이
삶에 참된 어른이라는 나이인 것이다

참된 나이는
순수함을 잃었다며 어리석은 의문점들을 남기지 않는다.

통찰

미래는 과거에 있고
과거는 지금에 있고
지금은 내가 만들어가는 삶의 과거요 미래다
지금...
지금의...
내가 찍은 점 하나에 책임이 따른다
내가 찍은 점 하나에 세상이 보인다

세상살이 통찰은
내가 찍은 점 하나에 있다

자기통찰이 어디 그리 쉽더냐

타고난 근본
갖춰진 자질
잠재적 습성으로의 삶에
타고난 근본적 요인과 환경과 교육으로의 자질을 갖추고
이에 살아오며 잠재되어 내재된 습성들

담기고 지니고 담고 지닌
인간 내면의 3대 요소인 인성 인격 인품을 다스리고 갖추며
담고 지닌 것으로 살고 있는 삶이다
살아왔음이 세상살이요
살아왔음의 세상살이에
담기고 지니고 담고 지닌 것이 세상물정이라
살아온 세상살이 세상물정에 모르는 걸 어찌 살아왔겠는가
살고 있는 세상살이 세상물정에 모르는 걸 어찌 살고 있겠는가
살아가야 할 세상살이 세상물정에 모르는 걸 어찌 살아가겠는가

다시 태어나는 것보다
다시 사는 게 더 어려운 일

자기통찰이

어디 그리 쉽더냐

삶을 다스릴 줄 아는 자아
의식의 멋

사람으로 살아오고

사람으로 살아가며

살아왔음이 청춘이요

살고 있음이 청춘인데

청춘... 에

청춘을 살아와놓고 청춘을 잃어버렸다며

살아온 청춘의 삶을 통탄하지 마라

지금을 살고 있음이 참회의 기회인데

살아갈 기회마저 다스리지 못하고

지금을 살아갈 삶에 또다시 삶을 잃어버렸다며

통탄만 하는 어리석음으로 나이 들 텐가

한세상 삶에

자부되어지는 청춘이었음은

그때의 지금을 노력하며 살아왔을 청춘이었다

노력하며 자부되어지는 청춘은 살아가며 삶을 통탄하지 않는다.

지금이 청춘이요

나를 찾는 자아의식에서

나를 다스릴 줄 안다면

삶을 살아가는 의미를 깨닫게 될 것이다

16부

후회하기에는 이르다 반성하라

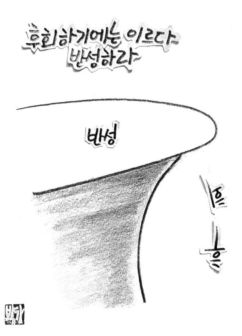

자신 안의 거울을 깨지 마라

자신 안의 거울
있는 그대로를 드러내어주는 자신 안의 거울
그릇됨으로 자신을 드러내는 거울이 깨지면
…조각난 위험한 삶이다
자신을 베어버릴 삶에 날선 유리파편들
깨어진 거울 속 일그러져 흩어진 삶의 조각들
삶에 드러내어질 자신 안의 거울에
조각난 자신을 비추어낼 자신은 있는가…

삶에 드러내어질 거울은
자신 안에 있는 것이다
그릇된 삶의 모습으로 자신을 해하지 마라

후회

후회

후회는 여백 없는 끝점과 동일시되며 삶을 다스림에 노력 없던 결과 이기에

자신을 다스리며 삶에 노력을 했더라면 후회로 끝점에 서있진 않을 것이다

자신을 다스리며 그 무엇을 후회하기 전 반성 하였는가?

그 무엇에 대한 반성됨을 각성하고 그 반성에 노력 하였는가?

반성을 노력하여 바꾸지 못한 변화는 노력 없는 후회뿐이다

그 무엇을 후회하기까지는 후회되기 전에 반성이라는 기회가 있었다.

자신 안에서 후회되기까지는 자신과의 타협이었고

자신 안에서 후회되기까지는 자신 안의 선택이었다.

후회의 상대적 대상은 자신인 것이다

후회는 자신과 타협된 선택이었기에 자신 안에서 스스로의 상처가 된다.

후회의 상대적 대상은 자신이라 삶에서 공유되고 공존되는 것이 아 니다

후회의 상대적 대상은 자신이라 삶에서 후회를 대신할 수 있는 대상
이 없다

후회의 상대적 대상은 자신이라 스스로가 만든 후회를 대신할 대상
이 없다

삶에서 그 어떤 대상으로도 풀어낼 수 없어 그 무엇이 변하지 않는
것이다

자신 안에 후회가 된 그 무엇은 변하지 않아 자신 안에 후회가 되어
있고

후회로서의 그 무엇은 그 어떤 대상으로도 다스려지지도 변하지도
않아

그 무엇은 스스로를 자책하며 자신 안에서 자신만을 괴롭히게 되는
것이다

후회의 상대적 대상은 그 무엇도 아닌... 자신이기 때문이다

후회는
다스려낼 여백 없는 내 안에서의 끝점인 것이다
자신 안에 후회를 가두어 놓지 말 것이며
반성할 수 있을 때 노력하라
삶을 살아가며 자신을 다스리는 것이 후회 없는 삶이 되는 것이다

어리석은 깨달음은 후회만을 남긴다

깨달았는가?

모든 깨달음이

깨달음을 얻은 것이라 믿는다면 어리석은 깨달음이다

자각하지 못해 반성 없고

각성하지 못해 노력 없는

어리석은 깨달음으로의 믿음은 착각이요 욕심이다

깨달음이 내 안에 변화된 존재함으로 전환되지 못하면

깨달음의 착각에서 깨달음의 착각되어진 욕심으로 멈춰진... 후회

뿐이다

삶의 작용에 의한 깨달음

삶의 작용의 깨달음에 삶의 작용은 삶의 작용을 깨닫지 않는다.

삶의 작용은 깨닫고 변화되지 않는다

삶의 작용은 삶으로의 작용일 뿐 깨달음이 아니기 때문이다.

깨달음은 깨달은 것이 깨닫는 것이다

깨달은 것이 깨닫고 변화되어야 삶의 작용으로의 깨달음에서

삶으로의 작용도 변화되는 것이다

깨달음은 깨닫는 것이 진정한 깨달음으로 변화시키는 것이다

깨달음은
깨닫고 반성하여 노력된 값의 변화를 내 안에 담는 것이다
깨달음에 주어진 노력으로의 변화가... 진정한 깨달음이다

변화는 지금에 간절한 지금을 바꾸는 것

변화되고 싶은가?
변화되고 싶음에 지금 무엇을 하고 있나?
변화만을 바라는 건 노력 없는 헛된 욕심
변화를 간절히 바란다면
변화를 간절히 원한다면
지금에 간절한 지금을 바꾸어야 한다.

바꾸는 것에는 용기와 의지된 노력이 따른다
바꾸려는 정직한 용기는 있는가…
바꾸려는 노력의 의지는 있는가…
변화는 지금을 바꾸면서 시작된다.

한세상 한번뿐인 삶이다
이다음이라는 약속은 없다
이다음은 지금에 있다!
지금이 이다음이요
이다음은 지금이다
이다음은 지금을 기다려주지 않는다.

변화

지금에 간절한 지금을 바꾸는 것이다

후회하기에는 이르다 반성하라

후회하기에는 이르다
반성하라

반성이 말했다
후회하기 전에 반성할 기회가 있다고…
후회를 언급해준 반성의 깨달음이 있다면
반성의 기회를 감사하며 변화됨에 노력할 것이다
노력은 변화됨에 반성의 삶을 변화시킨다.

반성도 외면할 후회를 하고
후회와 후회를 거듭하며
살아갈 삶에 가책과 자책으로의 후회만을 거듭할 것인가

깨달음에 반성하고
노력함에 고쳐지지 않는다면
같은 문제는 반복되어 후회에 후회를 거듭하고
살고 싶은 삶은 언제나 가책과 자책으로의 후회가 된다.
후회하기 전 주어진 기회에 반성하고 깨달음을 노력하라
반성으로의 노력은 변화된 삶으로 후회를 남기지 않는다.

...각성 안에 있는 것이다

삶을 살아가며... 후회하지 마라
삶을 살아가며... 반성하라
노력으로 고쳐지지 않는 반성은 후회와 같은 것이다

후회하기에는 이르다

반성하라